Über dieses Buch:

Mickey Callaghan heiratet seine große Liebe. Sie ist inzwischen durch die Machenschaften eines Verbrechers unversehens zu großem Reichtum und zu einem riesigen Stück Weideland gekommen. Sie beschließen, das Land günstig Siedlern zur Verfügung zu stellen

Ein Freund von Mickey Callaghan setzt sich für den Bau der Eisenbahn nach Gillette ein und verliebt sich dabei in die Prostituierte Joan. Kriminelle Freunde von ihr wollen sich am Reichtum von Mickey Callaghan und dessen Frau vergreifen.
Sie haben die Rechnung ohne den früheren Revolverhelden und seine Freunde gemacht....

AF216277

Ich bedanke mich bei meiner Frau, meinem größten Fan und gleichzeitig meiner größten Kritikerin, für ihre unermüdliche Arbeit am Manuskript und die schöpferischen Diskussionen.

PETER ECKMANN, geboren 1947, lebt im Niederelbe-Dreieck in der Nähe von Cuxhaven
Ingenieur der Verfahrenstechnik, schreibt unter dem Pseudonym Allan Greyfox Wildwest- und Detektivromane.
Jahrelange Praxis mit dem Schießen von echten Waffen und insbesondere das „Western-Action-Schießen" haben ihm ausreichend Kenntnisse über die Waffentechnik seiner Bücher vermittelt.

Der Wilde Westen war eine spannende Zeit, Allan Greyfox versucht sie in seinen Geschichten wieder auferstehen zu lassen.

Allan Greyfox

Das Tal der Siedler

© **2016 Peter Eckmann**
Herstellung und Verlag:
BoD – Books on Demand, Norderstedt.
ISBN: 978-3-7448-6779-5
Version 3

Der Landvermesser

Die Postkutsche ist flott unterwegs. Sie ist mit vier Pferden bespannt, die von einem erfahrenen Kutscher getrieben werden. Die Hufe der Tiere und die Räder der Kutsche ziehen eine große Staubwolke hinter sich her, die noch lange in der heißen Luft hängt. Der Wagen springt und holpert über den unebenen Weg, der Kutscher hat einen engen Zeitplan und treibt die Tiere mit schnellem Tempo voran. In etwa vier Meilen werden sie Gillette erreichen, dort ist die nächste Haltstelle mit einer Wechselstation für die Pferde.

Der Tag ist wieder warm, wie schon die ganze vergangene Woche. Trotz der offenen Fenster ist die Luft in der Kutsche unerträglich heiß.

Es ist September, im Jahr 1872. Der einzige Passagier ist Clint Wagner. Er ist Mitte dreißig, von Beruf Landvermesser. Er hält ein Telegramm in der Hand und sieht zum wiederholten Mal darauf. Es ist von einem Mickey Callaghan, er beauftragt ihn, beziehungsweise die Firma für die er arbeitet, für mehrere Monate nach Gillette zu kommen und einen Teil des Tales neu zu vermessen und in Parzellen einzuteilen.

Der schlanke Mann steckt das Papier wieder in seine Jacke. Nun würde er bald das Ende seiner Fahrt erreichen und sich mit Mickey Callaghan treffen.

Auf dem Bock des Kutschers sitzt noch ein zweiter Mann. Er hält ein Repetiergewehr in den Händen, vor ihm auf dem Bock steckt eine Flinte. Seine Aufgabe ist es, den Transport zu bewachen, denn dieses Mal ist eine Kiste mit Lohngeldern im Gepäck. Lohngelder für die Minenarbeiter in Fleetwood, das liegt noch 20 Meilen hinter Gillette.

Die Kutsche rollt mit unvermindertem Tempo dahin. Die Pferde glänzen vor Schweiß, sie haben es bald geschafft.

Der Weg führt nun in eine kleine Schlucht, mit vielleicht 30 Fuß hohen felsigen Hängen auf beiden Seiten.

Ein Schuss kracht. Clint Wagner schreckt auf, er war trotz der Schüttelei ein wenig eingenickt. Die Kutsche fährt einen kleinen Schlenker, da fällt ein weiterer Schuss. Clint Wagner hört einen kurzen Schrei vom Kutschbock her, dann wird die Kutsche langsamer und kommt zum Stehen.

Der Landvermesser sieht vorsichtig aus einem Fenster heraus und versucht zu erkennen, was vor ihm passiert. Vor den Pferden steht ein Reiter und richtet einen Revolver hoch zum Kutscher. Ein weiterer Reiter kommt eben hinter einem Felsen der Schlucht hervor. Clint Wagner hört den Mann mit dem Revolver rufen:

„Halte deine Karre still und rühre dich nicht. Sonst ergeht es dir so wie deinem Kollegen. Wir wollen nur eure Kiste, dann bist du uns los!"

Aha, das ist es also, denkt sich der Landvermesser, das Gepäck ist offensichtlich sehr wertvoll! Sie ahnen nicht, dass sie es nicht nur mit dem Kutscher, sondern auch mit ihm zu tun bekommen würden. Bevor er zum Landvermesser umsattelte, hatte er sich ein paar Jahre als Kunstschütze auf Jahrmärkten sein Brot verdient. Er war dann das Zigeunerleben leid geworden und hatte sich dann zum Geometer, auch Landvermesser, ausbilden lassen. Dazu war er zwei Jahre Gehilfe eines Landvermessers gewesen, seine neue Firma hatte ihm die erforderlichen Lehrgänge bezahlt. Seit zwei Jahren war er Angestellter bei der Mining & Engineering Company in Laramie und nun in deren Auftrag unterwegs. Er besitzt zwei langläufige Revolver, jeder mit einer sechsschüssigen Trommel und einem sechzehn Zoll langen Lauf. Diese Waffen hat er auch dieses Mal dabei, wie jedes Mal, wenn er länger unterwegs ist. Die Revolver sind in einer mit Samt ausgeschlagenen Schatulle untergebracht, die er immer mit sich führt.

Rasch greift er nach der Schatulle und öffnet sie. Die beiden Revolver sind geladen, er reißt sie heraus und sieht wieder aus dem Fenster.

Ein dritter Reiter kommt angeritten, er hält ein Gewehr in der Hand. Er hat offensichtlich von der Höhe herunter auf die Männer auf dem Kutschbock geschossen. Clint Wagner überlegt, seine einzige Chance liegt in der Überraschung. Die Banditen rechnen zwar mit Passagieren, nicht jedoch mit einer starken Verteidigung. Der nächste Schritt der Räuber wird die Kontrolle des Fahrgastraumes sein, um die Passagiere zu entwaffnen und eventuell zu berauben. Dazu darf er es nicht kommen lassen. Er legt eine Waffe wieder beiseite, fasst die andere fest in der Hand, drückt langsam den Griff der Tür herunter und springt aus dem Wagen. Mit zwei Sätzen hat er einen Felsen als Schutz erreicht, er zielt mit dem Colt und gibt zwei Schüsse ab, noch bevor die Banditen reagieren können. Er trifft zweimal und die ersten beiden der drei Verbrecher sacken im Sattel zusammen. Der Dritte, er ist jetzt etwa noch dreißig Yards entfernt, reißt sein Pferd herum und galoppiert davon.

Clint Wagner richtet sich auf und klettert auf den Kutschbock. Der Wachmann ist nach hinten gesackt und hat einen großen Blutfleck auf der Brust, er ist offensichtlich tot. Der Kutscher sitzt noch und hält die Zügel in der Hand, an seinem linken Bein läuft Blut hinab. „Junger Mann", sagt er mit leiser Stimme, „damit haben die Gauner nicht gerechnet, dass wir eine eigene Artillerie dabei haben!" Er ringt sich ein Lächeln ab.

Clint Wagner ist froh, dass der Kutscher nicht schwer verletzt ist. „Wie geht es Ihnen, können Sie noch fahren?"

„Ich habe eine Kugel im Bein, das ist nicht so schlimm", sagt der Kutscher, „in ein paar Minuten haben wir Gillette erreicht, bis dahin schaffe ich es leicht."

Clint Wagner sieht sich die beiden toten Banditen an. Beide hat er in den Kopf getroffen, sie waren sofort tot. Er legt sie quer über die Sättel ihrer Pferde und bindet sie fest. Er nimmt dann die Pferde an ihren Zügeln und bindet sie hinten an der Kutsche fest. Er betrachtet sein Werk und sagt zu dem Kutscher:

„So sollte es gehen. Wenn sie nicht so rasen wie bisher, können die Pferde gut hinterherlaufen. Für ein kurzes Stück wird es reichen."

Der Landvermesser klettert in den Verschlag, und weiter geht die Fahrt, jetzt mit etwas gedrosseltem Tempo. Eine Viertelstunde später haben sie Gillette erreicht. Der Kutscher hält vor dem Boarding House, hinter dem Gasthaus an der Straße befindet sich der Stall mit den Wechselpferden.

Mickey Callaghan sitzt im Boarding House und wartet auf die Ankunft der Kutsche. Er raucht eine Selbstgedrehte und nimmt gelegentlich einen Schluck von dem Bier. Er sieht entspannt der Rauchwolke seiner Zigarette hinterher und beobachtet das Treiben in der Gaststube. Durch seinen Kopf ziehen die Ereignisse der letzten Monate. Was waren das für chaotische Abenteuer gewesen! Seine geliebte Marilyn Baker war in die Machenschaften eines Verbrechers hineingezogen worden. Ein Gauner, Geoffrey Banks, hatte sie entführt und als Frau des unverheirateten und kinderlosen Rinderbarons Breckinridge vorgesehen. Um sie gefügig zu machen, hatte er dem schönen Mädchen vorgetäuscht, dass er Mickey erschossen hätte. Dann gab es eine Blitztrauung mit dem reichen Rancher. Die Ehe dauerte etwa zwei Stunden, dann tötete Geoffrey Banks ihren reichen Bräutigam. Er wollte sich selbst mit dem jetzt reichen und immer noch verzweifelten und willenlosen Mädchen verheiraten, um an die große Ranch und die Reichtümer des Rinderbarons zu gelangen. Der Verbrecher hatte nicht mit dem raschen Auftauchen des sehr lebendigen Freundes und seinen vielen Helfern gerechnet. Er starb an einer Kugel aus dem Revolver von Mickey Callaghan.

Nun war alles wieder wie vorher - nein, es war beinahe noch besser. Er hatte seine geliebte Marilyn wieder, die nun eine besonders gute Partie geworden war. Beide waren sich einig geworden, wie sie mit dem riesigen Besitz des toten Großranchers umgehen wollten. Die Ranch erstreckte sich über fast das ganze Tal östlich des Brazos River. Dem Vater seiner Braut gehörte eine kleine, dafür wunderschöne und gut geführte Ranch, die für ihre eigenen Bedürfnisse völlig ausreichte. Deshalb waren sie sich schnell einig geworden, den gesamten ehemaligen Breckinridge-Besitz parzellieren zu lassen und zu verpachten. Es sollten etwa 400 einzelne Farmen werden, die nach sechs Monaten in den Besitz der Pächter übergehen sollten. Der Preis für eine Farm war mit 200 Dollar vorgesehen.
Die Vermessung des großen Gebietes und die Einteilung der Parzellen sollte ein Geometer aus Laramie durchführen. Er hatte Kontakt zu einer Firma dort aufgenommen, die er aus seiner früheren Zeit in Laramie noch kannte. Die »Laramie Mining & Engineering Company« befasste sich mit dem Bau und Betrieb von Minen und mit Landvermessung. Der Hauptsitz der Firma ist in Omaha, in Laramie ist lediglich eine Zweigstelle. Man hatte ihm telegrafisch die Mitarbeit eines Landvermessers für die Zeit von etwa zwei Monaten zugesichert. Und dieser Landvermesser sollte heute mit der Postkutsche ankommen.

Zum ungezählten Male sieht er wieder aus dem Fenster. Doch, jetzt sieht er sie kommen. Da stimmt doch etwas nicht, geht ihm durch den Kopf. Er lässt sein Bier stehen und läuft auf die Straße. Auch anderen Passanten ist etwas aufgefallen und sie kommen ebenfalls angelaufen.

Die Kutsche hält, die Tür wird geöffnet und ein Mann klettert heraus. Er ruft: „Wir sind überfallen worden! Schnell, wir brauchen einen Arzt und der Marshall soll auch kommen!"

Mickey lässt einen der Umstehenden den Arzt holen, dann steigt er auf den Kutschbock und holt mit Hilfe des Passagiers den verletzten Kutscher herunter.

Mickey stellt sich vor und hört zu seiner Freude, dass der Passagier, der vor ihm steht, der Landvermesser ist, auf den er wartet.

„Clint Wagner", stellt sich der Passagier vor, „ich freue mich, dass ich Sie gleich gefunden habe."

Mickey und der Landvermesser reichen sich die Hände. „Das ist ja eine schöne Geschichte, die Ihnen passiert ist. Lassen Sie uns jetzt zum Marshall gehen, das sind nur ein paar Schritte von hier", erwidert der Cowboy und geht voraus.

Auf dem kurzen Weg zum Büro des Marshalls beginnt Mickey, den Landvermesser in seine Pläne einzuweihen.

„Meine Verlobte besitzt durch einige haarsträubende Vorgänge ein riesiges Land hier im Tal. Wir wollen es nicht für uns selbst verwenden, sondern wir möchten es neuen Siedlern gegen Pacht zur Verfügung stellen."

„Das ist sehr lobenswert", entgegnet Clint Wagner, „was waren denn das für haarsträubende Vorgänge?"

Mickey Callaghan lacht. „Ich werde es Ihnen gerne erzählen, ein Bier reicht dafür nicht aus. Ich schlage deshalb vor, dass Sie heute zu uns kommen. Morgen begleite ich Sie dann zur Ranch des toten William Breckinridge, dort können sie wohnen, bis Sie mit Ihrer Aufgabe fertig sind. Es sind dort auch genügend Mitarbeiter, aus denen Sie sich so viele Gehilfen aussuchen können, wie Sie benötigen."

Der Marshall kommt ihnen entgegen. Mickey stellt den Landvermesser vor, dann gehen sie in sein Büro. Der Gesetzeshüter und der Landvermesser setzen sich, Mickey lehnt sich an die Wand, da das kleine Büro nur über zwei Stühle verfügt.

Clint Wagner berichtet von dem Überfall, immer wieder unterbrochen von den überraschten Kommentaren des Marshalls und denen von Mickey Callaghan.

Nach dem Bericht sieht der Marshall zu Mickey hin und sagt mit etwas säuerlicher Stimme: „Es scheint mir, dass ich jetzt einen weiteren Revolverhelden in meiner Stadt habe."

Mickey entgegnet: „An deiner Stelle würde ich mich nicht beschweren, Richie. Du hast doch mit mir keine schlechten Erfahrungen gemacht. Und das was unser Geometer hier geleistet hat, war doch in deinem Sinne, oder?"

Marshall Richard Taylor nickt. „Okay, du hast Recht. Es wird mir immer etwas Bauchschmerzen verursachen, wenn andere das Recht in ihre Hand nehmen. Sei's drum, ich kann nicht überall sein."

Der Marshall fragt den Landvermesser über den geflohenen Verbrecher aus. Leider hat Clint Wagner nicht viel erkennen können, da alle Banditen sich das Halstuch vorgebunden hatten. „Das Pferd war schwarz-weiß gescheckt, und sein Sattel war mit silbernen Nieten verziert. Den Sattel werde ich vielleicht wiedererkennen."

Der Marshall macht sich einige Notizen, dann zieht er die Schublade seines Schreibtisches auf, holt ein paar Steckbriefe heraus und zeigt sie dem Landvermesser. Clint Wagner sieht darauf und schüttelt den Kopf. „Auf den Steckbriefen sind nur die Gesichter, und die habe ich ohnehin nicht erkennen können."

„Na gut, hätte ja sein können", murmelt der Marshall und legt die Steckbriefe wieder fort.

Mickey Callaghan und der Landvermesser betreten die Straße und gehen dann zur Kutsche zurück. Der Arzt hat inzwischen den Kutscher versorgt, die Pferde sind gewechselt worden. Da ein Wachmann für die Weiterfahrt fehlt, steht die Kutsche noch vor dem Boarding House. Der neue Wachmann muss vom Marshall bestimmt werden. Es wird wohl der Deputy machen, der ist jedoch im Moment nicht in der Stadt. Ein Ersatzkutscher ist eingetroffen und hat mit dem Abladen des Gepäckes von Clint Wagner angefangen. „Mister, sie haben eine Menge Sachen mitgenommen", klagt der.

Clint Wagner geht zu der Kutsche und fasst mit an. „Meine Tätigkeit hier erfordert einige Ausrüstung, wie zum Beispiel einen Theodoliten, Messlatten und so weiter. Und private Ausrüstung wie zum Beispiel Kleidung. Ich soll hier ja ein paar Monate zubringen", sagt er und sieht zu Mickey hinüber.

Der staunt auch nicht schlecht über die Menge an Gepäck. „Jetzt muss ich zuerst einen Wagen für den Transport besorgen", sagt er, „ich weiß auch schon von wem."

Er wendet sich in Richtung des General Store von Ben Nolan. „Warten Sie hier, ich bin gleich wieder zurück."

Kurze Zeit später ist Mickey Callaghan wieder da, er hat sich den Einspänner vom General Store geliehen. Die Tochter des Hauses, Jennifer Nolan, ist mit seiner Verlobten befreundet und mit deren Bruder verliebt, da sind gegenseitige Gefälligkeiten kein Problem. Hier im Westen sind alle aufeinander angewiesen, es wird immer gerne geholfen.

Rasch laden die beiden Männer das Gepäck auf. Mickeys Pferd wird wieder hinten angebunden, dann startet die Fahrt zu der Double-M Ranch. Während der Fahrt erzählt Mickey dem aufmerksamen Zuhörer, wie seine Verlobte in den Besitz der Breckinridge Ranch gekommen ist. Der Landvermesser schüttelt ein ums andere Mal den Kopf. Er fängt an zu grübeln und fragt dann: „Ihr Name ist Mickey Callaghan, das habe ich doch richtig verstanden?"

Mickey nickt, „das stimmt so", und er bekommt ein merkwürdiges Gefühl im Bauch.

„Haben Sie irgendetwas mit einem »Fast Cally« zu tun? Ich lebe nun einige Jahre in Laramie, dort ist ein »Fast Cally« nicht unbekannt."

Mickey nickt wieder und fügt hinzu: „Das bin ich, beziehungsweise das war ich. Ich hatte gehofft, meine wilde Vergangenheit vergessen zu können, indem ich in eine andere Gegend gezogen bin, sie scheint mich nie ganz loslassen zu können." Nach einer Weile fügt er hinzu: „Was ist mit Ihnen, sie sind auch nicht ganz unbedarft, was den Gebrauch von Waffen angeht, oder?"

Clint Wagner schmunzelt und erzählt dem ebenfalls staunenden Mickey nun seine Geschichte.

Endlich erreichen sie die Double-M Ranch. Mickey kann es nicht erwarten, seine Marilyn wieder in den Armen zu halten. Sie läuft aus dem Haus und kommt ihm entgegen, noch bevor der Wagen zum Stillstand gekommen ist. Sie stürzt auf Mickey zu, umarmt und küsst ihn.

„Darf ich dir unseren Landvermesser vorstellen?", unterbricht er sie schließlich. Jetzt erst richtet Marilyn ihre Augen auf seinen Begleiter und grüßt ihn. Clint Wagner kann seine Augen kaum von ihr lassen. Diese Marilyn ist das schönste Mädchen, das er je gesehen hat, sie hat eine schlanke Figur und ein traumhaft schönes Antlitz, dazu eine wohl gefüllte Bluse. Es ist kein Wunder, dass Mickey nur noch sie im Kopf hat. „Madam, ich bin entzückt", sagt er und meint es auch so.

Am Abend wird mit den Weidereitern gemeinsam gegessen. Das ist so Sitte auf der Double-M Ranch und trägt zu dem guten Verhältnis zwischen den Besitzern und den Helfern bei. Bei der Gelegenheit muss der neue Landvermesser von dem Überfall auf die Kutsche berichten. Es gibt eine große Aufregung und alle reden durcheinander. Einige überlegen, ob sie den Reiter mit den silbernen Beschlägen am Sattel nicht schon irgendwo bemerkt haben. Einer ist sich ganz sicher: „Das ist jetzt über ein Jahr her, da habe ich einen Reiter auf einem schwarz-weiß gefleckten Pferd und einem Sattel mit silbernen Nieten gesehen. Das ist in der Nähe von Fleetwood gewesen."

Sie beschließen, ihre Augen offen zu halten und auf diesen Reiter zu achten. Die beiden Männer aus Laramie, Clint Wagner und Mickey Callaghan, beginnen Geschichten aus diesem Ort zu erzählen. Es dauert nicht allzu lange, da zupft Marilyn den neben ihr sitzenden Mickey an der Jacke und flüstert ihm ins Ohr: „Ihr habt nun lange genug erzählt, lass uns ins Bett gehen."

Mickey gefällt der Gedanke, er erhebt sich und sagt: „Wir haben morgen noch viel vor, lasst uns jetzt schlafen gehen." Er löst damit den allgemeinen Aufbruch aus, und auch der Rest der Mannschaft begibt sich in ihre Schlafräume.

Mickey schläft mit Marilyn in ihrem Zimmer, solange er noch seine Arbeit als Vormann und sein Bett auf der Ranch von Tippy Overbeck hat. Marilyn hält ihn an der Hand und zieht ihn in ihr Zimmer. Dort entkleiden sie sich und geben sich einander hin.

Danach liegen sie nebeneinander im Bett. Beide sind noch erhitzt von ihrer Vereinigung und entspannen sich langsam. Marilyn hat ihren Kopf aufgestützt und sieht zu Mickey: „Ich glaube, ich bekomme ein Kind."

Mickey zögert kurz, das eben Gehörte dringt langsam in seinen Kopf. Er umarmt sie und küsst sie überglücklich. „Du kannst dir nicht vorstellen, wie glücklich mich das macht." Er lächelt sie an. Seine Marilyn ist die schönste Frau die er kennt, sie liebt ihn und wird ihm jetzt auch noch ein Kind schenken. Was kann man sich Schöneres vorstellen? Marilyn sieht Mickey glücklich an und gibt ihm einen Kuss. Sie sieht ihm tief in die Augen, stützt sich hoch und setzt sich rittlings auf ihn. Ein weiterer Wonnetaumel bemächtigt sich beider und sie genießen gegenseitig ihre Lust. Überglücklich schlafen sie beide ein.

Am nächsten Morgen gibt es viel zu planen. Mickey muss zur Double-Box Ranch und zusammen mit dem Besitzer, Tippy Overbeck, einen Nachfolger für sich bestimmen. Clint Wagner muss auf die Ranch des Rinderbarons gebracht werden und in die Umgebung eingewiesen werden. Außerdem hat Mickey noch verschiedene organisatorische Dinge in Gillette zu erledigen.

Mickey steht nun etwas abseits mit Marilyn zusammen und spricht leise mit ihr. „Wir sollten jetzt die Hochzeit vorbereiten, bevor man deine Schwangerschaft sieht", sagt er zu ihr. „Zuerst muss ich mit deinem Vater darüber sprechen, oder was meinst Du?"

„Mein Vater kann gerne wissen, dass er im nächsten Sommer Großvater wird. Ich glaube, er ahnt es sowieso schon und er hofft auch darauf." Sie küsst ihn auf die Wange. „Du fährst doch heute sowieso nach Gillette. Suche doch auch den Pfarrer auf und bestelle das Aufgebot."

Überglücklich, dass sie wieder einer Meinung sind, umarmt Mickey Marilyn und küsst sie zum Abschied. Der Einspänner mit dem Gepäck von Clint Wagner steht in der Scheune. Sie spannen das Pferd der Nolans davor, Mickeys Brighty muss wieder angebunden hinterherlaufen, dann beginnt ihre Fahrt.

Zuerst fahren sie zur Ranch von Tippy Overbeck, sie liegt an der Strecke. Mickey sucht den alten Rancher auf.

„Mein lieber Tippy", sagt er, „du hast es dir sicher schon gedacht, nun wird es ernst. Ich werde mich ganz zur Ranch von Mark Baker begeben. Ich verlasse euch ungern, es muss leider sein."

Tippy nickt zustimmend. „Das habe ich mir schon seit einer Weile gedacht. Du bist so oft mit Marilyn zusammen, da konnte das nicht ausbleiben. Ich lasse dich ungerne gehen, ich sehe es genauso wie du, das muss jetzt so sein. Es kommt mit der Aufteilung des Breckinridge-Anwesens so viel Arbeit auf dich zu, da kannst du hier nicht auch noch Vormann sein."

Mickey schlägt vor: "Die beiden Neuen, die ich im Frühjahr eingestellt habe, haben sich sehr gut gemacht. Der eine der beiden, Twinky, eignet sich meiner Meinung nach sehr gut als Vormann."

„Das sehe ich auch so, die beiden waren eine gute Wahl. Kümmere du dich um deine neuen Aufgaben, ich werde den neuen Vormann nach deinem Vorschlag bestimmen."

Sie schütteln sich beide die Hände, dann geht Mickey zum Wagen zurück.

Die Fahrt mit dem Wagen führt weiter durch das Tal. Die Räder poltern über den Weg und ziehen viel Staub hoch. Sie erreichen jetzt eine Stelle mit einem besonders schönen Ausblick. Mickey hält an, damit sich die Pferde ausruhen können, und um Clint Wagner seine Pläne näher zu erläutern.

Die Bäume, die bisher den Weg gesäumt haben, sind jetzt durch einen kleinen Abhang zum Tal abgelöst worden. Man hat eine klare Sicht und kann das ganze Tal übersehen, in der Ferne glitzert der Brazos River in der Sonne.

Mickey zeigt mit einer ausholenden Bewegung über das Tal und erklärt: „Das gesamte Gebiet hinter dem Brazos River gehört meiner Verlobten. Das Gebiet der ehemaligen Breckinridge Ranch beträgt etwa 64000 Acres, das sind etwa zweihundertsechzig Quadratkilometer. Ich möchte, dass das Land in etwa vierhundert Parzellen zu je 160 Acres (65

Hektar) aufgeteilt wird. Das entspricht den gleichen Größen, wie sie im Heimstättengesetz von 1863 festgelegt worden sind. Die Siedler sollen dafür 1,25 Dollar pro Acre bezahlen, das sind 200 Dollar für eine Parzelle, dann gehört ihnen nach sechs Monaten das Land."

Er macht eine Pause und grinst. „Bei etwa vierhundert Parzellen macht das dann 80.000 Dollar für meine Marilyn. Und, „er hebt den Zeigefinger", das macht etwa vierhundert neue Familien hier im Tal. Da muss man sich in Gillette noch Einiges einfallen lassen, um alle zu versorgen. Da sind sowohl die Verwaltung - ich denke an einen neuen Bürgermeister - und manche Geschäfte zu erweitern. Auch der Marshall kann das nicht mehr alleine leisten. Er wird wohl ein paar Deputys und auch einen Nachtmarshall einstellen müssen."

Dem Landvermesser schwirrt der Kopf. Er sinnt noch über das eben Gehörte nach und sagt dann: „Dass dieser Job sehr groß sein würde, habe ich gewusst. So eine Größenordnung habe ich nicht erwartet. Ich werde mir noch einen zweiten Mann erbeten müssen und ein paar Gehilfen. Die Gehilfen, du hast das schon erwähnt, kann ich bestimmt aus der Mannschaft der Ranch rekrutieren. Mit ein paar Monaten werde ich auch nicht hinkommen, das geht sicher noch die nächsten zwei Jahre, auf jeden Fall für mich."

„Mach, was du für richtig hältst, ich verlasse mich in der Hinsicht voll auf dich."

Sie fahren weiter, zweigen zur Breckinridge Ranch ab und erreichen die Furt. Während sie mit viel Gespritze durch den Brazos River fahren sieht Mickey den Fluss hinunter. „Was wir hier auch bald brauchen, wird eine Brücke sein." Er sieht zu dem Landvermesser hin. „Möglicherweise gibt es bessere Alternativen, als die Brücke an dieser Stelle zu errichten. Ich erwarte von dir, dass du entsprechende Vorschläge machst. Wahrscheinlich benötigen wir auch noch zusätzliche Wege und Straßen, das fällt auch in dein Aufgabengebiet."

Clint Wagner strahlt über das ganze Gesicht. „Ich glaube, ich habe mit diesem Auftrag eine echte Aufgabe erhalten - und dazu mit einem sehr netten und weitsichtigen Auftraggeber." Er lacht und klopft Mickey auf die Schulter.

Mickey wiegelt ab, „warte nur, bis der Job erst richtig losgeht. Du wirst irgendwann keine Siedler mehr sehen wollen."

Sie erreichen die ehemalige Ranch des William Breckinridge. Mickey hat einen der Reiter zu seinem Stellvertreter benannt, damit der Weidebetrieb weitergeführt werden kann. Als sie auf den Hof rollen, kommt dieser Mann, Jeremy Irons, aus dem Haus.

„Hallo, Mickey!", grüßt er ihn und gibt beiden Ankömmlingen die Hand.

Die Reiter der Ranch sind von Mickey über die Auflösung der Ranch informiert worden. Die meisten von ihnen wollen hier im Tal bleiben. Zweihundert Dollar für ein schönes Stück Land, das bekommen Einige von ihnen zusammen. Laut Mickey wird die »Bank of Gillette« Hypotheken großzügig zur Verfügung stellen. Manche der Cowboys werden in der auflebenden Stadt sicher Arbeit finden.

Für Clint Wagner werden in dem großen Anwesen schnell ein Wohnraum und ein Büro gefunden. Seine Ausrüstung für die Landvermessung wird im Geräteschuppen untergebracht. Dort ist auch ausreichend Platz für noch mehr, falls Verstärkung für ihn eintreffen sollte.

Mickey bietet ihm noch weitere Unterstützung an: „Wenn du ein Pferd benötigen solltest, du hast hier eine große Auswahl. Damit bist du schneller unterwegs als mit dem Wagen."

Clint nickt. „Ja, das ist ausgezeichnet. Das werde ich morgen schon brauchen, um mir einen ersten Überblick zu verschaffen."

Doch Mickey hat heute noch mehr auf dem Plan. „Ich muss dich jetzt allein lassen, ich habe in Gillette noch Einiges zu erledigen. Sobald du mit deiner Übersicht fertig bist, melde dich bitte beim Schmied oder im Büro der Zeitung. Dort sehe ich immer hinein, wenn ich in den Ort komme."

Der Plan des Reiters aus Laramie

Mickeys erstes Ziel in Gillette ist der Gunshop. Seine Munition ist noch reichlich vorhanden, dieses Mal führt ihn die zweite Aufgabe des Inhabers zu seinem Laden. Der große, vierschrötige Kerl steht hinter seiner Theke und sieht ihn verunsichert an.

Mickey grinst ihn an. „Ich habe nichts Böses mit Ihnen vor, Mister James, Sie scheinen das gerade zu denken."

Der Besitzer des Gunshops druckst herum. „Ich, äh, wissen Sie, ich musste das damals einfach tun."

„Geschenkt", sagt Mickey, „obwohl ich allen Grund hätte, Ihnen böse zu sein."

In seiner Funktion als Pastor hatte er die erzwungene Trauung zwischen dem Rinderbaron und Marilyn Baker vollzogen. Der Großrancher hatte den Gottesdiener jedoch in der Hand, so dass ihm nichts anderes übrig geblieben war.

Mickey sieht den Gunshop-Besitzer freundlich an: „Nein, dieses Mal führt mich eine besonders angenehme Aufgabe zu Ihnen, in Ihrer Funktion als Pastor."

Der Pastor/Gunshop-Besitzer entspannt sich sichtlich, ihm fällt ein Stein vom Herzen, denn mit einem verärgerten Mickey Callaghan ist nicht gut Kirschen essen – so viel ist inzwischen jedem klar geworden. „Was kann ich für Sie tun?"

„Ich möchte ein Aufgebot bestellen. Ich möchte nämlich so schnell wie möglich die Witwe des Rinderbarons heiraten. Sie wissen doch noch, wer das ist?", fügt er schelmisch hinzu.

Der Pastor hebt seine Hände. „Erinnern Sie mich bloß nicht daran. Das ist ein schwarzer Punkt in meiner Laufbahn als Pastor. Ich freue mich besonders, wenn es nun doch zu einem guten Ende kommt."

Mickey setzt mit dem Pastor das Aufgebot auf. Danach wird in zwei Wochen die Trauung sein. Mickey wird ganz warm ums Herz, alle seine Freunde werden dabei sein, wenn er seinen Schatz vor den Altar führt.

Seine nächsten Schritte führen ihn zur Schmiede. Peter O'Connell ist in seiner Werkstatt und arbeitet an einer Deichsel.

Herzlich umarmen sich die beiden starken Männer. Mickey lobt seinen Freund. „Es ist immer eine besondere Freude, dich zu sehen und mir dir zu tun zu haben."

Der Schmied grinst ihn an. „Was führt dich zu mir, mein Freund?"

„Das ist eigentlich eine lange Geschichte. Ich werde mich für heute jedoch kurz fassen. Ich habe eben das Aufgebot für mich und Marilyn bestellt. In zwei Wochen wird Hochzeit sein."

Ein Strahlen geht über das Gesicht von Peter O'Connell, er drückt seinem Freund beide Hände. „Das freut mich wirklich für euch beide. Ich glaube, niemand hat je so gut zusammengepasst, wie ihr zwei."

Mickey lächelt, „du bist hiermit als erster herzlich eingeladen."

„Es ist für mich selbstverständlich, bei Eurer Trauung dabei zu sein."

„Und jetzt zum Kernpunkt meines Besuches. Du bist doch Mitglied im Gemeinderat?" Der Schmied nickt und Mickey fährt fort. „Die Wahlen zum Bürgermeister stehen doch in zwei Monaten an, oder?" Der Schmied nickt wieder und

Mickey fährt fort. „So wie ich die Sache sehe, wird Pete Myers, der Inhaber des Boarding Houses und der Poststation, nicht wieder gewählt werden. Zum einen wegen der merkwürdigen Trauung von Marilyn mit dem Großrancher und weil eben dieser seine Hand nicht mehr über Pete Myers halten kann. Und ich kann mir gut vorstellen" - Mickey macht eine Pause und sieht den Schmied an – „dass du zum nächsten Bürgermeister gewählt werden wirst."

Peter O´Connell sieht Mickey an, dann nickt er. „Pete Myers wird ganz sicher nicht wiedergewählt werden, ob ich gewählt werde, ist noch nicht raus."

„Du bist doch ganz klar das beliebteste Mitglied im Gemeinderat. Ich sehe da kaum eine andere Möglichkeit."

Der Schmied nickt zustimmend. „Möglicherweise hast du Recht."

„Okay, selbst wenn du nicht Bürgermeister wirst, hast du eine wichtige Stimme im Gemeinderat. Und in dieser Funktion möchte ich dir jetzt einige Möglichkeiten für dieses Tal und diesen Ort skizzieren." Und Mickey legt los: „Du weißt sicher auch, dass Marilyn als Witwe des Großranchers Breckinridge den gesamten Besitz geerbt hat?"

Peter O'Connell nickt und sieht seinen Freund aufmerksam an. „Das Gebiet ist fast 260 Quadratkilometer groß, das sind über 64000 Acres. Daraus lassen sich etwa vierhundert Parzellen zu je 160 Acres gewinnen."

Der Schmied nickt, er bekommt immer größere Augen.

„Für das Tal bedeutet das etwa vierhundert Familien, die hier leben und einkaufen wollen." Dann lacht Mickey ihn an. „Und was deine Schmiede betrifft, da wirst du anbauen müssen."

Peter O'Connell lacht ebenfalls und fügt dann hinzu: „Mir wird ganz schwindelig. Das benötigt eine weitsichtige Planung, sonst gibt es ein totales Chaos."

„Da hast du völlig Recht", sagt Mickey und fügt weiter hinzu: „Meine ganz groben Pläne gehen noch weiter. Man könnte zum Beispiel den Brazos River am Ende des Tales etwas aufstauen, vielleicht um einen Meter, das würde die Bewässerungsverhältnisse auf der Seite der neuen Siedler verbessern. Und am Staudamm könnte ein Sägewerk stehen. Denn das wird bei den vielen Häusern, die gebaut werden müssen, totsicher benötigt."

Er schmunzelt und sieht den Schmied an: „Na, was sagst Du dazu?"

„Nicht so schnell, ich habe Mühe, mit deinem Tempo Schritt zu halten!"

Mickey lacht. „Ich habe noch eine weitere Idee."

„Dann lass mal hören, mich kann jetzt nichts mehr erschüttern."

„Von Richard Clarkdale habe ich gehört, dass die neue Eisenbahn zum Pazifik durch Cheyenne führt. Und Cheyenne ist nur siebzig Meilen entfernt. Da bietet es sich an, von dort aus eine Verbindung nach Fleetwood herzustellen. Und diese Verbindung", - Mickey macht wieder eine bedeutungsvolle Pause - „muss natürlich an Gillette vorbeiführen". Er lehnt sich zurück und sieht seinen Freund triumphierend an.

„Oh Mann, Mickey. Das ist eine ganze Menge, was du da vorhast! Ich drücke dir die Daumen, damit nichts dazwischen kommt. Es klingt sehr interessant, das werde ich bei der nächsten Gemeinderatssitzung als Thema einreichen. Ich glaube, wir brauchen einen Planungsausschuss für die Erweiterung des Ortes Gillette."

„Das ist genau das, was ich vorschlagen wollte. Da muss sehr weitsichtig geplant werden."

Mickey lässt seinen Freund nun alleine, er hat ihm genügend Stoff zum Nachdenken gegeben. Sein nächster Schritt führt ihn zur Zeitung, dem »Gillette Mirror«. Der Herausgeber und einziger Redakteur ist John Clarkdale, ebenfalls ein sehr guter Freund von ihm. Er ist mit Helen Overbeck, jetzt Clarkdale, der Tochter seines früheren Arbeitgebers, verheiratet.

Er trifft ihn, wie fast immer, an seinem Schreibtisch an. Sie begrüßen sich überschwänglich, dann sieht John Clarkdale Mickey Callaghan fragend an. „Was hast du auf dem Herzen? Du hast doch immer, wenn du kommst, aufregende Abenteuer erlebt oder abenteuerliche Pläne im Kopf."

Mickey grinst, der Zeitungsmann kennt ihn gut. Dann erzählt er ihm, wie vorher dem Schmied, von seinen e. „Ich brauche deine Hilfe und deine Kenntnisse für die Anzeigen der Parzellenverkäufe in anderen Counties. Meiner Meinung nach sollte das bis nach Fleetwood im Norden und bis nach Cheyenne im Süden erfolgen."

John Clarkdale nickt. „Das denke ich auch, ich weiß auch schon wie. Ich bin Mitglied in einem Verlegerverband, zu denen werde ich die Anzeige telegrafieren. Du musst mir nur die Eckdaten angeben, dann mache ich das schon."

„Ich habe gewusst, dass du der Richtige für mich bist. Und bevor ich das vergesse", Mickey macht eine Pause, „möchte ich eine Heiratsanzeige aufgeben."

John Clarkdale grinst. „Wer soll denn die Glückliche sein?" Beide lachen. Dann fährt der Redakteur fort: „Ich rechne schon eine ganze Weile damit, ich habe es erwartet. Sobald du den genauen Termin kennst, starte ich meine Druckerpresse."

Mickey hat noch weitere Gespräche auf seiner Liste, er verabschiedet sich von John und geht weiter in Richtung der beiden Saloons. Auf dem Weg dahin sieht er kurz beim Marshall rein. „Hallo Richie, hast du schon Pläne für die Zukunft?"

Der Marshall sieht verblüfft hoch. „Das kann man eigentlich nicht so sagen, ich lebe von Tag zu Tag und hoffe, dass nicht zu viel passiert"

Mickey gibt ihm einen kurzen Abriss über die in der Zukunft zu erwartende Vergrößerung des Ortes. Der Marshall ist ehrlich überrascht.

„Mensch, Mickey, dann gibt es hier aber ordentlich zu tun. Viele Siedler bedeuten auch, dass so mancher Halunke kommt und sich an ihnen bereichern will. Und auch du", er zeigt mit dem Finger auf Mickey, „du wirst auch mit dem Geld, das sich bei dir und deiner Zukünftigen ansammeln wird, ein interessantes Objekt für Banditen jeder Art."

Mickey schluckt. Das seine Marilyn Ziel von Verbrechern werden könnte, hatte er schon wieder verdrängt. Der Marshall hat Recht, das muss er unbedingt berücksichtigen. Marilyn hat schon viele Schwierigkeiten gehabt, sie soll von weiteren Verbrechern verschont bleiben. „Richie, da sagst du was. Du hast völlig Recht, wir müssen uns beide in Zukunft mehr vorsehen. Und du" - er macht eine Pause, „du musst deinen Betrieb hier vergrößern. Du musst wohl mal beim Gemeinderat um mehr Gehilfen nachfragen."

Er verlässt das Büro und lässt einen nachdenklichen Marshall zurück. Er erreicht den »Cattlemens Palace« und betritt ihn. Sein Ziel ist Matthew Richmond, der hat anscheinend gerade Hochkonjunktur am Kartentisch. Er gibt ihm ein Zeichen, dass er ihn sprechen möchte und setzt sich an die Theke. Der Keeper bringt ihm einen Bourbon und er dreht sich eine Zigarette. Genüsslich zieht er den würzigen Rauch ein, da hört er vom Kartentisch Geräusche. Ein Stuhl poltert zu Boden, Mickey dreht sich um. Die Spieler sind aufgesprungen, einer hat einen Revolver in der Hand und richtet ihn auf Matt, der noch auf seinem Stuhl sitzt und das Geld vor sich einsammelt.

„Du verdammter Falschspieler!", ruft er, „den ganzen Abend verliere ich schon, das kann nicht mit rechten Dingen zugehen!"

Matthew Richmond ist ein Berufsspieler mit dem Vorsatz, immer absolut ehrlich zu spielen. So auch dieses Mal. „Ich habe nicht mit gezinkten Karten gespielt. Sie können mich gerne durchsuchen." Er hebt die Arme, um anzudeuten, dass er nirgendwo etwas versteckt hat.

Sein Gegenspieler lässt sich dadurch nicht beruhigen. „Fast zweihundert Dollar habe ich an dich verloren!"

Er hebt den Revolver und es sieht für einen Moment nicht gut aus für Matthew Richmond. Mickey Callaghan beobachtet den Mann mit dem Revolver sehr genau. Er kennt diese Sorte Spieler, wenn die erst einmal in Wut geraten, werden sie brandgefährlich. Er erhebt sich vom Barhocker, zieht einen seiner Revolver und tritt leise von hinten an den Tobenden heran. Er drückt dem Mann den Revolverlauf in den Rücken und ruft:

„Sofort weg mit der Waffe, andernfalls werde ich Sie erschießen!"

Mickeys Stimme ist laut und durchdringend, so kennen ihn die meisten nicht. Aber es hilft - der Mann lässt seinen Revolver fallen und dreht sich zu Mickey um. Mickey spricht langsam und deutlich zu ihm: „Matthew Richmond spielt niemals falsch, merken Sie sich das. Niemals! Und jetzt rate ich Ihnen, dieses Lokal zu verlassen." Mickeys Worte haben Erfolg, der Mann nimmt seinen Hut, hebt den Revolver auf und geht schnell hinaus.

Mickey steckt den Revolver zurück und sieht zu Matthew: „Mein lieber Freund, bringst du dich häufiger in solche Situationen?"

Matthew ist erleichtert und setzt ein Lächeln auf. „Das ist schon eher selten, du hast Recht, solche Verlierer gehören bei mir zum Berufsrisiko."

Mickey hat mit seinem Freund noch mehr vor. „Steck mal deine Karten eine Weile fort und setze dich zu mir an die Theke. Du bist von mir eingeladen."

Das lässt sich Matthew nicht zweimal sagen. Er sammelt seine Karten ein, steckt sie in seine Jacke und setzt sich neben Mickey an den Tresen. Ein Glas, mit Whisky gefüllt, wird gerade vor Matthew hingestellt. Beide heben ihre Gläser und prosten sich zu.

Matthew mustert seinen Freund. „Lass mal hören, was dir durch den Kopf geht!"

Mickey schmunzelt und antwortet: „Das für mich Wichtigste zuerst. Ich werde in ungefähr zwei Wochen heiraten. Ich würde mich ganz besonders freuen, wenn du zu unserer Trauung kommen würdest. Und die Teilnahme an der Feier danach, das ist natürlich selbstverständlich."

Matthew drückt seinem Freund die Hand. „Ich freue mich so für euch beide! Ihr seid ein tolles Paar. Ich komme auf jeden Fall, und natürlich auch zur Feier danach. Ich werde euch ordentlich schröpfen, darauf könnt ihr euch schon einrichten."

Mickey strahlt, Matthew gehört zu seinem engsten Freundeskreis, er freut sich sehr über die Zusage. Dann fährt er mit der Erläuterung seines Planes fort. „Sag mal Matt, kannst du eigentlich rechnen?"

Matthew grinst. „Das ist ganz klar mit ja zu beantworten. Sieh mal: 17 und 4 sind 21. Und auch mit größeren Zahlen geht es gut: viermal eintausend Dollar sind viertausend Dollar."

Er lacht, „nein jetzt mal ehrlich, es geht auch noch schwieriger. Wie du weißt, komme ich eigentlich aus Saint Louis, und dort habe ich früher einmal eine richtig gute Schulbildung genossen. Auch wenn das jetzt nicht mehr so aussieht."

Mickey nickt und lächelte ihn an. „Klar, das weiß ich doch alles. Und genau deshalb habe ich einen, das heißt sogar mehrere Pläne mit dir vor. Es bedeutet allerdings, dass du zum Kartenspielen keine Zeit mehr haben wirst."

Matthew sieht sein Freund an. „Du machst mich jetzt sehr neugierig. Lass mal hören. Kartenspielen ist nicht alles, ewig werde ich das ohnehin nicht machen können."

„Siehst du, genauso habe ich mir das gedacht. Du kennst doch unseren Plan, den Besitz von dem alten Breckinridge aufzuteilen?

„Ja. Ich finde das, nebenbei bemerkt, eine sehr gute Idee und außerdem wird es dem Ort und nicht zuletzt dir und deiner Marilyn einen Batzen Geld einbringen."

„So stelle ich mir das vor, wobei mir mehr an dem Gedeihen des Tales liegt als an meinem Batzen Geld, wie du es auszudrücken pflegst."

Matthew grinst und Mickey fährt fort, seinen Plan zu erläutern. „Wir brauchen hier im Ort ein Büro, das den Verkauf der Parzellen verwaltet. Dort muss der Anlaufpunkt für die neuen Siedler sein und die Verwaltung für die Verkäufe und die Grundstückspapiere. Und dich stelle ich mir als Leiter dieses Büros vor."

Matthew staunt. „Das hört sich sehr interessant an." Er überlegt und nippt an seinem Whisky. „Ich denke, ich kann das machen, lass mich erst einmal darüber schlafen."

Mickey hat noch einen zweiten Plan im Sinn. „Hast du schon mal von der neuen Eisenbahn gehört, die vom Osten bis an den Pazifik führt?"

Matthew nickt. „Die ist doch jetzt ungefähr drei Jahre fertig, oder?"

„Ja, genau die meine ich. Und da fängt meine Idee an. Cheyenne liegt an dieser Bahnlinie, und meiner Meinung nach sollte es von dort eine Verbindung nach Fleetwood geben. Cheyenne ist die Hauptstadt vom Wyoming County und Fleetwood ist die drittgrößte Stadt. Und diese Bahnlinie nach Fleetwood soll dann so geführt werden, dass Gillette einen Bahnanschluss erhält."

Er lehnt sich zurück und nimmt einen Schluck von seinem Whisky. Matthew sieht ihn fragend an: „Und was soll ich daran tun?"

„Du, mein lieber Matt, bist die perfekte Person, um Reklame für unseren Ort zu machen, die richtigen Leute ausfindig zu machen und die Idee zum Bau dieser Bahnlinie in die Köpfe der Verantwortlichen einzupflanzen."

Jetzt ist der Spieler ehrlich verblüfft. „Warum, um alles in der Welt, glaubst du, dass ich dafür der Richtige bin?"

„Das hat gleich mehrere Gründe. Du bist ein guter Pokerspieler. Und das, was du für uns machen sollst, hat irgendwie mit Pokern zu tun. Und du bist einfach viel besser angezogen, als zum Beispiel ich. Ich sehe immer so aus, als hätte ich gerade ein Kalb aufs Kreuz gelegt."

Matthew grinst seinen Freund an. „Naja, so schlimm siehst du auch nicht aus. Es freut mich jedenfalls, dass du meine Fähigkeiten so hoch einschätzt."

„Ich bin davon überzeugt, dass du genau der Richtige dafür bist. Du hast gute Umgangsformen - jedenfalls manchmal." Er stößt seinen Freund an und lacht. „Darauf trinken wir noch einen. Hallo, Barmann! Noch einen Drink für uns beide."

„Und wie stellst du dir den Zeitplan vor?"

„Bis die ersten Siedler kommen, wird es noch einige Wochen dauern, eher wohl ein paar Monate. Die Werbung muss erst anlaufen und die Siedler haben einen langen Weg bis hierher. Zuerst musst du wohl einige Telegramme schicken, um herauszufinden, welche Leute du sprechen musst. Ich könnte mir vorstellen, dass du in spätestens zwei Wochen nach Cheyenne reisen wirst. Das überlasse ich alles dir, du bekommst das hin, da bin ich ganz sicher."

Und noch etwas fällt Mickey ein: „Sag mal, wo ist der Indianer, der junge Falke, eigentlich heute? Der hat doch sonst immer hier herumgelungert."

„Du wirst staunen, wenn du das hörst. Man hat herausgefunden, dass der Indianer nicht nur Spuren lesen kann, sondern auch eine Menge von Tiermedizin versteht. Und jetzt ist er gerade von den Hendersons geholt worden, weil die ein krankes Pferd haben."

„Das freut mich sehr für ihn. So bekommt sein bisher dumpfes Leben wieder einen Sinn."

Cheyenne

Matthew Richmond ist jetzt sehr beschäftigt. Er arbeitet von morgens bis abends, das ist mehr Zeit, als er bisher hinter dem Kartentisch zugebracht hat. Sein Freund Mickey Callaghan hat seine wirklichen Fähigkeiten erkannt und hat seine Freude an sinnvoller Arbeit geweckt.

Das Verwaltungsbüro für die Parzellierung des Tales ist schnell gefunden. Das alte, stillgelegte Büro der Minenverwaltung aus den Zeiten der Silberfunde vor zehn Jahren, hat sich als ideale Basis erwiesen. Das Büro ist in der Mitte der Stadt, direkt neben der Bank. Es muss lediglich instand gesetzt werden und ein paar Möbel müssen beschafft werden. Matthew hat von Mickey ein Konto bei der Bank bekommen, damit er seine Kosten davon begleichen kann.

In Sachen Eisenbahn ist er ebenfalls weiter gekommen. Er hat herausgefunden, dass der Vorstandsvorsitzende der Union Pacific Railroad Corporation, Cornelius Vanderbilt, in etwa zwei Wochen in Cheyenne sein wird und hat einen Termin mit ihm abgemacht. Außerdem will er sich in der Zeit mit dem Gouverneur des Wyoming County und mit dem Bürgermeister von Cheyenne treffen.

Matthew Richmond bespricht die Reise und ihre Ziele mit Mickey. Er ist sehr zufrieden mit Matts Ergebnissen.

„Ich habe doch gewusst, dass ich bei dir den richtigen Nerv getroffen habe! Ich halte diese Reise für sehr wichtig.

Ich werde dich deswegen mit allen erdenklichen Mitteln ausstatten. Per Telegrafie werde ich an eine Bank in Cheyenne einen hoffentlich ausreichenden Betrag überweisen, damit du dort Zugang zu allen wichtigen Lokalitäten hast."

Er macht eine Pause und grinst seinen Freund an: „Dass du mir nicht das ganze schöne Geld verspielst! Und noch eines: Ich lasse dich erst weg, wenn du bei meiner Hochzeit gewesen bist."

„Klar doch, das möchte ich um nichts auf der Welt verpassen!"

Mickey ist jetzt mehrere Tage hintereinander in Gillette gewesen, ohne zur Double-M Ranch zu reiten. Er hat so viel zu planen, dass er sich den jeweils einstündigen Ritt von der Ranch nach Gillette und zurück ersparen will. Marilyn war damit gar nicht einverstanden.

„Du willst dich nur mit anderen Frauen treffen", neckt sie ihn, „jetzt wo ich schwanger bin, willst du nichts mehr von mir wissen."

Mickey hebt den Zeigefinger: „Du, rede nicht so einen Unsinn. Du bist mir jetzt doppelt so viel wert wie vorher." Er zieht sie an sich und küsst sie innig. „Und pass auf dich auf, wenn ich nicht bei dir bin. Du sollst dich schonen und du sollst die Ranch niemals mehr alleine verlassen, hörst du? Das ist mir sehr wichtig. Du weißt doch, hübsche Mädchen ziehen Gesindel an und reiche Frauen auch. Und du bist gleich beides in einer Person. Du bist die reichste Frau im Tal, bedenke das bitte."

Marilyn nickt, „ich werde aufpassen, ich möchte nie wieder in eine Situation kommen, wie damals mit diesen Banditen! Ich habe schon den alten Willy gebeten, mich bei Bedarf zu begleiten. Mir passiert schon nichts."

„Das ist gut, damit fühle ich mich etwas besser. Ich lasse dich immer ungerne alleine, das weißt du, mein Engel."

Dann fällt ihm noch etwas ein, das hat er über der ganzen Debatte mit dem Planungsausschuss - deren Vorsitzender er geworden ist- ganz vergessen: „Wie läuft es eigentlich mit den Hochzeitsvorbereitungen? Ich hätte euch gerne stärker unterstützt, leider habe ich erst in ein paar Tagen etwas mehr Zeit dazu."

„Ich habe mir ein wunderschönes Kleid nähen lassen, da wirst du Augen machen!"

„Ich mache doch immer große Augen, wenn ich dich sehe", neckt er sie, „nein, ganz ehrlich. Ich freue mich schon darauf, dich darin sehen zu dürfen."

„Die Planung der Hochzeit und das ganze Drumherum ist fest in den Händen meines Vaters und Esmeralda. Die haben beide darauf bestanden, das komplett in die Hand zu nehmen."

„Das ist doch fein. Ich kann mir denken, dass es den beiden am Herzen liegt. Übermorgen komme ich wieder zu euch auf die Ranch. Bis dahin musst du dich noch ein wenig gedulden. Ich liebe dich, mein Schatz!"

Er besteigt sein Pferd und winkt ihr zu, als er davon reitet.

Die Arbeit des Planungsausschusses geht gut voran. Das größte Problem ist, den Zeitplan abzuschätzen, denn dass die Siedler kommen werden, ist sicher. Ein weiteres Problem ist die Finanzierung. Da jetzt noch keine Einnahmen fließen, müssen alle Ausgaben vorfinanziert werden.

Die Mitglieder des Planungsausschusses sind fast alle Geschäftsleute aus Gillette, außerdem noch John Clarkdale von der Zeitung und der neue Landvermesser, Clint Wagner. Sie treffen sich in dem zukünftigen Büro für die Parzellenverpachtung. Clint Wagner hat eine große Karte für die Übersicht angefertigt, die hängt jetzt an der Wand. Die wichtigste Aufgabe besteht jetzt darin, alles vorzubereiten, was die neuen Siedler unbedingt benötigen. Das ist zuerst eine neue Brücke über den Brazos River und die Reparatur und Neuanlage einiger Straßen und Wege. Clint Wagner hat Vorschläge für die Lage der Straßen und der Brücke auf der Karte skizziert. Am meisten Kopfschmerzen macht dem Ausschuss die Brücke. Jede Überquerung eines Gewässers, und sei sie noch so schmal, ist ein erheblicher Aufwand. Der Brazos River ist mit 20 Yards (18 Meter) nicht breit, daher werden sich die Kosten für die Brücke in Grenzen halten. Mickey sagt zu, dass Geld für den Bau der Brücke vorzustrecken.

Jede Versammlung geht irgendwann zu Ende, und Mickey kann endlich zur Double-M Ranch und seiner Verlobten reiten. In zwei Tagen soll Hochzeit sein, die Ranch ist bereits mit viel Mühe geschmückt worden. Mickey stellt sein Pferd Brighty in die Box, sorgt sich um Wasser und gibt ihm auch eine ordentliche Portion Hafer. Sein vierbeiniger Gefährte braucht das und hat es auch verdient.

Die Trauung findet in der kleinen Kirche von Gillette statt. Es sind unglaublich viele Besucher gekommen. Nicht nur seine Freunde, auch alle Reiter der Double-M und von der Double-Box sind anwesend. Mickey sieht zum ersten Mal das Hochzeitskleid seiner Braut. Marilyn sieht wirklich atemberaubend darin aus. Es ist ganz in Weiß und reicht bis auf den Boden. Es kontrastiert wunderbar mit ihrer schwarzen Haarpracht, ihre Locken fallen weit über die Schultern und den Rücken. Zu seiner großen Freude hat das Kleid einen kleinen Ausschnitt, so dass ein wenig von ihrem hübschen Busen zu sehen ist.

Er lächelt sie an und sagt: „Bräute sind immer die schönsten Frauen, in deinem Fall ist das nicht nur ein Spruch."

Marilyn strahlt, sie freut sich, dass sie ihm gerade heute an ihrem Freudentag, so besonders gut gefällt.

Nach der Trauung geht es zum Feiern auf die Double-M Ranch. Dort ist ein Trubel, wie auf einem Jahrmarkt. Nur mit viel Arbeit gelingt es den vielen Helfern, alle Gäste mit

Essen zu versorgen. Die Musikanten kennt Mickey schon, es sind dieselben, wie auf der Hochzeit von John Clarkdale und Helen Overbeck im Frühjahr dieses Jahres. Nach dem Essen kommt dann die Hauptattraktion für die Gäste, der gemeinsame Tanz. Es ist ein Square Dance, je vier Paare bilden eine Gruppe. Die Reihenfolge der Figuren wird angesagt, das macht in diesem Fall mit viel Freude der Brautvater. Es wird viel gelacht und geflirtet. Der eindeutige Mittelpunkt und Hauptattraktion ist Marilyn Callaghan. Es gibt wohl keinen Mann, der die Blicke von ihr lassen kann. Mickey ist glücklich, heute ist der schönste Tag in seinem Leben. Er kann ebenfalls die Blicke nicht von seiner schönen Frau lassen. Bei jeder sich bietenden Gelegenheit küssen und herzen sie sich.

Am nächsten Morgen gibt es für alle Bewohner der Ranch und die Gäste, die hier übernachtet haben, ein ausgiebiges Frühstück. Mickey nutzt die Gelegenheit und spricht mit Marilyns Vater. „Dad, ich denke wir müssen unbedingt die Erweiterung des Haupthauses planen. Es gefällt uns hier so gut, dass wir es gar nicht anderswo versuchen wollen."
Der alte Rancher freut sich. „Ja, hier ist es wirklich wunderschön. Ich würde auch gar nicht zulassen, dass ihr an einer anderen Stelle bauen würdet. So werde ich hoffentlich noch viel Freude mit meinen Enkelkindern haben."
Mickey grinst. „Wir geben uns die größte Mühe", er lacht den zukünftigen Großvater an.
Marilyn kommt dazu, sie setzt sich neben Mickey und legt einen Arm um ihn. „Na, ihr zwei. Was heckt ihr denn aus?"
„Wir planen einen Anbau an das Haupthaus", sagt Mickey, „deine Wünsche sind willkommen."
Mark Baker holt Zettel und Stift aus dem Haus, dann beugen sich die drei über den Verandatisch und bringen ihre

Wünsche auf das Papier. Nach vielem Diskutieren und vielen neuen Skizzen sind sie zufrieden.

„Ach ja, Dad", „sagt Mickey zu dem Rancher, „ich denke über den Bau eines Sägewerkes nach. Hast du eine Idee, wer damit Erfahrung hat?"

Mark Baker überlegt. „Ich würde mal Ben Nolan, den Besitzer des General Store, fragen. Der hat ein Sägewerk besessen, bevor er den Laden in Gillette eröffnet hat."

Mickey Planungsliste wir immer länger, das kann er kaum noch alleine bewerkstelligen. Es ist nicht nur das Sägewerk, der Brazos River soll etwas gestaut werden. Dazu gehören noch Deichbau und der Bau eines kleinen Staudamms.

Einige Tage später sitzt Mickey wieder einmal mit Matthew Richmond zusammen. Sie sind in dem neuen Büro der Landplanung und Parzellenvermittlung, die »Gillette Land Society«, und sitzen über einigen Skizzen. Clint Wagner hat schon gute Arbeit geleistet und einen Übersichtsplan der ehemaligen Breckinridge Ranch bis hin nach Gillette vorgelegt. Mickey und Matthew sitzen nun vor dem Plan und diskutieren die verschiedenen Möglichkeiten.

„Was macht eigentlich deine Reise nach Cheyenne?", fragt Mickey seinen Freund.

„Das ist alles schon geplant. Ich nehme übermorgen die Kutsche, an das Hotel habe ich schon telegrafiert."

„Sehr schön", sagt Micky. „Ich habe ein Konto bei der Bank of Cheyenne eingerichtet und einen ordentlichen Geldbetrag dorthin angewiesen. Du hast dort Kontovollmacht."

„Ich habe mich einmal umgehört, was mich in Cheyenne erwartet", sagt Matthew. „Cheyenne scheint eine ziemliche Lasterhöhle zu sein. Gillette ist dagegen ein verschlafenes Nest."

„Du bekommst das schon hin, ich habe volles Vertrauen in deine Fähigkeiten."

Matthew sitzt in der Postkutsche nach Cheyenne, mit ausreichend Gepäck für zwei Wochen und einer Menge Pläne im Kopf. Die Fahrt führt über die üblichen Wege, staubig und mit vielen Löchern. Es sind etwa siebzig Meilen zurückzulegen, er muss mit ungefähr vier Stunden Fahrt rechnen.

Matthew lässt sich noch einmal durch den Kopf gehen, was er über Cheyenne weiß. Vor fünf Jahren wurde in Cheyenne ein Bahnhof an der Strecke Richtung Pazifik gebaut, 1869 war die Eisenbahn vom Osten bis zum Pazifik fertiggestellt. Cheyenne war anfänglich nur ein Lager, bestehend aus Zelten und wenigen Holzhütten, mit einem Bahnhof an der Strecke als Stützpunkt für die Arbeiter an der Trasse. Es waren damals tausende Arbeiter, die in dem Ort Cheyenne ihr sauer verdientes Geld wieder ausgaben. Deshalb ging es in dem Ort wilder und rauer zu, als in allen anderen Städten. Glücksspiel und Prostitution waren die Haupteinnahmequellen und das hat sich bis heute nicht wesentlich geändert. Bei etwa 5000 Einwohnern soll es etwa sechzig Bordelle geben.

Matthew Richmond schüttelt den Kopf, als er sich das vorstellt. Da muss er gehörig auf der Hut sein, um nicht unter die Räder zu kommen.

Die Kutsche erreicht Cheyenne. Sein Gepäck besteht aus einer großen Kiste, die recht schwer ist. Sie wird vom Kutscher abgeladen, nun steht er an der Straße und sieht sich um. Das Hotel, in das er einziehen will, ist das Grand Hotel Cheyenne. Er sieht sich um und versucht es von hier zu erkennen.

Die Hauptstraße ist genauso staubig und voller Furchen, wie die in Gillette. Der Unterschied ist hier, dass sie voll von Menschen und Wagen ist. Ein Gewimmel wie auf einem Ameisenhaufen umgibt ihn. Es ist auch viel lauter als in Gillette. Es ist eher wie in Saint Louis, an das er sich noch vage erinnern kann. Manche Leute rufen sich von der einen zur anderen Straßenseite etwas zu, die Kutscher der Wagen brüllen ihre Pferde an, schimpfen mit sich selbst, oder mit den anderen Kutschern.

„Pass auf, wo du hinfährst!", ist noch das Harmloseste, was er mitbekommt.

Der hölzerne Bürgersteig hinter ihm ist bevölkert von Menschen. Menschen, die es eilig haben und Anderen, die stehen und ihn ansehen. Matthew spricht einen von ihnen an und fragt nach dem Hotel.

„Das ist etwa zweihundert Meter weiter, direkt hinter der Kurve", sagt ein älterer Herr und weist mit der Hand in die Richtung.

„Können Sie mir gegen ein Trinkgeld mit der Kiste helfen?", fragt Matthew Richmond.

„Kein Problem", kommt als Antwort. Der Herr fasst die Kiste an einem ihrer Griffe, Matthew Richmond nimmt den anderen Griff und dann geht es los. Als sie eben eine kleine Nebenstraße kreuzen, geht unmittelbar neben ihnen eine Schießerei los. Mehrere Schüsse sind zu hören, und die Einschläge gehen irgendwo in der Nähe in das Holz eines der Häuser, eine Scheibe klirrt und Scherben fallen.

„Geht das hier immer so zu?", fragt Matthew seinen Begleiter.

„Ein- bis zweimal am Tag ist das normal. Ich habe mich noch nicht daran gewöhnen können."

„Gibt es denn keinen Marshall?"

„Doch, wir haben einen. Der hat sogar einen Gehilfen. Es sind so viele Gesetzlose in der Stadt, dass sie derer kaum Herr werden."

Sie erreichen das Hotel. Matthew gibt dem hilfsbereiten Herrn einen Vierteldollar. „Einen schönen Tag noch, und passen sie auf sich auf.", ruft der ihm nach. Das Hotel ist normaler Standard. Das Bett ist ordentlich, auf der Kommode steht eine Schüssel mit Wasser zum Waschen und die Toilette ist auf dem Gang. Das ist schon ein Fortschritt, mancherorts ist die Toilette auf dem Hof.

Am nächsten Morgen fängt Matthew früh an. Es gibt einen Frühstücksraum - deshalb wohl das »Grand« im Namen des Hotels. Sein Termin mit dem Besitzer der Eisenbahn ist übermorgen, bis dahin will er noch andere wichtige Leute der Stadt sprechen, um sie von einer Eisenbahn nach Gillette zu überzeugen. Der Gouverneur des Territory Wyoming hat seinen Sitz hier in der Stadt, ihn wird er als nächstes aufsuchen. Und diese Woche soll er hier sein, das hatte er vorher herausgefunden.

Nach dem Frühstück ist Matthews Tatendrang auf dem Höhepunkt. Er geht zur Anmeldung und fängt mit dem älteren Herrn an der Kasse ein Gespräch an. „Gibt es hier in Cheyenne Dinge, die ich unbedingt sehen sollte und gibt es auch Bereiche, vor denen ich mich vorsehen sollte?"

Der Kassierer lehnt sich an seinen Schreibpodest und überlegt eine Weile. „Sie sollten sich den Bahnhof ansehen, Cheyenne ist wegen des Bahnhofes entstanden. Hier fährt die Union Pacific, und demnächst soll hier eine Verladestation für Rinder entstehen. Sehenswürdigkeiten direkt gibt es sonst keine."

Matthew überlegt. „Und gibt es etwas, was ich meiden sollte?"

„Tja, das ist nicht einfach zu beantworten. Ich würde sagen, halten Sie sich nachts von den dunklen Ecken fern. Hier sind schon so manche morgens nicht wieder aufgewacht."

Oha, denkt Matthew, ein raues Pflaster ist das hier. Er fragt weiter: „Kann man hier irgendwo gepflegt Poker spielen?" Man kann ja nie wissen, wozu das gut ist. Und wenn es schon nicht der Gewinn ist, so lernt man doch so manche, möglicherweise wichtige, Person kennen.

„Sie können hier bei uns Karten spielen. Der Raum, in dem sie vorhin gefrühstückt haben, ist am Abend der

Raum für das Kartenspiel. Und außerdem", fügt er noch hinzu und spricht etwas leiser: „In den Clubraum des »Railway Palace« kommen viele bedeutende Leute aus der Stadt zum Spielen hin. Wenn ich Sie wäre, würde ich es dort versuchen."

Matthew schmunzelt. Das war doch genau das, was er hören wollte. „Wo ist dieser »Railway Palace«?

„Das ist ganz einfach. Der ist direkt am Bahnhof. Und den wiederum können sie leicht finden, indem Sie dieser Straße noch etwa zweihundert Meter folgen. Dort sehen Sie dann die Gleise und können den Weg zum Bahnhof leicht finden."

Matthew ist überaus entzückt von diesem ergiebigen Gespräch. Er holt eine Ein-Dollar Münze aus seiner Geldbörse und legt sie auf das Schreibpult. „Sie haben mir sehr weitergeholfen. Recht vielen Dank und einen schönen Tag."

Matthew pfeift vor sich hin und geht auf sein Zimmer. Das war doch schon sehr vielversprechend, denkt er. In seinem Zimmer packt er seinen Gehrock aus und macht sich stadtfertig. So kann er sich sehen lassen. Die Weste ist aus bestickter Seide, der Gehrock aus dunkelblauem Samt, dazu ein edler Stetson und seine hohen Stiefel. So sieht er aus wie ein gutbetuchter Geschäftsmann. Und genauso will er bei den Leuten ankommen, nur so kann er sie beeindrucken. Denn auch hier, oder gerade hier, zählt der erste Eindruck. Später muss er dann mit Fakten überzeugen, er hat genügend Informationen bei sich, mit denen er punkten kann.

Er steht wieder unten in der Vorhalle, er geht zu dem Mann in der Anmeldung und fragt nach dem Weg zur Bank of Cheyenne. Die ist ebenfalls nicht weit weg, Cheyenne ist eben nicht riesengroß, sondern leicht überschaubar. Er hat die Kontovollmacht von Mickey dabei, um von dem Konto etwas Geld abzuheben zu können.

Auf dem Weg zur Bank mustert er neugierig die Umgebung. Die Häuser sind höher als in Gillette, aus Holz zwar, ein zweites Stockwerk haben die meisten von ihnen. Er betritt die Bank. Im Vorraum sitzt auf einem Stuhl ein Wachmann mit der Flinte in der Hand. So sieht es hier also aus, denkt Matthew. Gut dass ich meinen Deringer eingesteckt habe. Er tastet mit der Hand nach seiner Innentasche und fühlt beruhigt die kleine Wölbung unter der Jacke.

Mit etwas Bargeld versehen, verlässt er später die Bank. Das hat gut geklappt, Geldprobleme wird er nun nicht haben. Er darf in den Verhandlungen mit den Eisenbahnleuten nicht den Eindruck eines Hungerleiders machen. Nein, er muss sichtbar machen, dass er aus einem aufstrebenden, wohlhabenden Ort kommt. Das stimmt im Moment noch nicht ganz, er muss und er wird diesen Eindruck erwecken.

Matthew findet leicht den Weg zum Bahnhof. Einen Bahnhof hat er auch schon in Saint Louis gesehen, das ist nun mehr als zehn Jahre her und er hat das meiste inzwischen vergessen.

Der Bahnhof in Cheyenne ist nicht riesengroß, er hat ein Hauptgleis und im Bereich des Bahnhofes drei Nebengeleise. Dort sind zur Zeit ein paar Güterwaggons abgestellt. Der Bahnhof selbst besteht aus zwei Gebäuden, es gibt ein Büro für den Kartenverkauf mit einem Warteraum und eine Poststation mit Telegrafenbüro.

Während Matthew dort steht und sich den Fahrplan ansieht, kommt ein Personenzug eingefahren. Schon von weitem kann er die Dampfstöße aus dem Schornstein hören, eine schwarzweiße Rauchwolke zieht über die Landschaft. Mit lautem Gebimmel und mit viel Zischen kommt der Zug zum Stehen. Die schwarze Lok mit den roten

41

Zierstreifen ist wegen des vielen Dampfes kaum zu erkennen. Einige Fahrgäste steigen aus, andere Personen, die hier schon warteten, steigen ein. Am Gepäckwagen stehen ein paar Bedienstete.

Interessiert sieht sich Matthew den Betrieb an. So also kann es auch einmal in Gillette aussehen. Ein Bahnanschluss mit Bahnhof ist wichtig für den Handel und die Entwicklung des Ortes.

Auf dem Bahnsteig laufen die Leute durcheinander, manche rufen sich etwas zu, dann kehrt wieder Ruhe ein. Die Lok gibt einen laut gellenden Pfiff von sich, dann strömt viel Dampf aus unzähligen Öffnungen und der Zug setzt sich langsam in Bewegung. Immer schneller kommt der Zug mit den bunten Wagen in Fahrt, der Lärm der Räder wird immer lauter und eine Minute später ist das Spektakel vorbei.

Es ist wieder Ruhe auf dem Bahnhof, die Karre mit dem Gepäck wird gerade in eine Holzhütte geschoben, dann ist der Bahnsteig leer.

Matthew verlässt den Bahnhof und sieht sich nach dem »Railway Palace« um. Der ist von hier aus leicht zu finden, er ist direkt gegenüber dem Bahnhof. Matthew sieht in die Fenster, um diese Zeit ist noch wenig los. Er geht zur Tür, diese ist schon geöffnet und er tritt ein. Verblüfft sieht er sich um. Der Raum ist wirklich sehr groß. Kristallleuchter hängen an der Decke, die Rückwand hinter dem Tresen ist mit einem riesigen Spiegel versehen. Matthew staunt, alleine der Spiegel muss ein Vermögen gekostet haben. Ungefähr zehn große Tische stehen verteilt im Raum. Im Moment sind die Stühle darauf gestellt und ein Schwarzer ist mit Besen und Schrubber dabei, den Fußboden auf Vordermann zu bringen.

Er spricht den Fußbodenreiniger an: „Wann geht es denn am Abend los, Sir?"

Der Neger ist fast zahnlos, er ist kaum zu verstehen. Er hält einen kleinen Moment mit Wischen inne und sagt: „Wir offen ab sieben, viel Betrieb ab neun, Mister."
Matthew dankt und geht. Hier will er heute Abend herkommen, der Saloon sieht sehr vielversprechend aus.

Es ist etwa acht Uhr am Abend, Matthew betritt den »Railway Palace«. Die meisten Tische sind gut belegt, es sind nur noch wenige Stühle frei. Matthew geht zum Tresen, er bestellt sich einen Whisky und holt dann seinen Tabakbeutel heraus. Er setzt sich mit dem Rücken zur Bar, dreht sich eine Zigarette und beobachtet das Treiben an den Tischen. Es wird meistens Poker gespielt, an einem Tisch läuft siebzehn und vier. Die Spieler sind ausschließlich Männer. Es sind ein paar Frauen dabei, die schauen nur zu. Interessant ist, welche Spieler an den Tischen sitzen. An zwei Tischen hat je ein professioneller Spieler die Kontrolle. Matthew kennt das gut, er hat selbst jahrelang vom Poker gelebt. Ein Tisch erregt seine besondere Aufmerksamkeit. Die Spieler gehören offensichtlich den besseren Kreisen an. Sie sind gut gekleidet und das Geld scheint locker zu sitzen. Matthew trinkt sein Glas aus und schlendert an den Tisch heran. Es wird Poker gespielt, die Einsätze sind relativ hoch und das Spiel der Beteiligten ist sehr routiniert. Er achtet darauf, wie sich die Männer anreden. Es sind offensichtlich Bekannte, die häufig miteinander spielen, einige duzen sich. Matthew nimmt sich einen Stuhl und fragt:
„Darf ich mich zu Ihnen setzen, meine Herren?" Einer der Spieler sieht zu ihm hoch und antwortet:„Wir spielen hoch, wenn Sie das nicht können, dann gehen Sie bitte. Andernfalls sind Sie herzlich willkommen."
Matthew bedankt sich und nimmt Platz. Man ist wohl der Meinung, in ihm einen Partner zu haben, der sich leicht ausnehmen lässt, da kennen sie ihn schlecht. Bisher hat

ihm das Pokerspiel zu einem ganz ordentlichen Einkommen verholfen.

Matthew kauft sich ein paar Karten. Hier wird die Variante »Texas Hold'em« gespielt, die ist ihm sehr geläufig. Er fängt vorsichtig an, um seine Gegner kennenzulernen. Einer der Spieler wird immer mit Mayor angesprochen. Er ist ein teuer gekleideter Mitt-fünfziger. Wenn er Glück hat, dann ist das der Bürgermeister von Cheyenne. Er wird ihn im Laufe der Spiele ganz besonders im Auge behalten.

Seine Karten sind nicht besonders gut, mal ein Pärchen, mal zwei davon, einmal ein Full House. Er spielt vorsichtig mit, opfert etwas von seinem Geld, bietet nicht bis zum Schluss mit. Der »Mayor« genannte Mann offenbart sich als der Bürgermeister dieser Stadt. Eben sagt er:

„Meine Herren, das nächste Spiel ist für mich das letzte, morgen ist noch eine wichtige Sitzung mit dem Gemeinderat. Wir haben übermorgen wichtigen Besuch, ich muss mich noch vorbereiten."

Matthew staunt. Der wichtige Besuch, das kann nur der Besuch des Präsidenten der Union Pacific sein, Mr. Vanderbilt. Eben der, mit dem er auch verabredet ist. Da hat er sich genau den richtigen Kreis zum Spielen ausgesucht.

Matthew hebt die Hand: „Mister Mayor, kann ich Sie am Ende dieses Spiels auf ein paar Sekunden sprechen? Vorne an der Theke?"

Der Mayor nickt und sagt: „Okay, Sir. Fassen Sie sich bitte kurz."

Matthew wendet sich an seine Mitspieler: „Lassen Sie mich bitte eine Runde aussetzen, ich bin gleich wieder zurück."

Matthew geht mit dem Bürgermeister an den Tresen. Es ist ihm gelungen, durch sein sicheres Auftreten und seine tadellosen Manieren bei diesem Mann einen guten Eindruck zu erzeugen.

Am Tresen gibt es ein Glas Whisky für beide, Matthew lädt den Bürgermeister ein. Er fasst sich kurz. „Vielen Dank, dass Sie mir ein paar Sekunden Ihrer kostbaren Zeit opfern."

Der Mayor wiegelt ab. „Das geht schon, für meine Bürger habe ich immer ein offenes Ohr."

Matthew fährt fort: „Ich vertrete den Ort Gillette. Ist er Ihnen bekannt?"

Der Bürgermeister überlegt. „Doch, ich denke schon. Der Ort liegt doch an der Postroute nach Fleetwood, ist das nicht so?"

„Ja, genau das ist der Ort."

Matthew Richmond erzählt dem staunenden Bürgermeister, dass in Gillette ein großes Stück Weideland an Heimstättensiedler für wenig Geld verkauft werden soll. „Wir werden ungefähr 400 Parzellen mit je 160 Acres zur Verfügung stellen. Jede Parzelle verkaufen wir für zweihundert Dollar."

Der Bürgermeister ist sichtlich beeindruckt. „Was ist ihre Funktion in diesem Zusammenhang?"

„Ich bin der Leiter der Verwaltungs- und Verkaufsstelle für das Land. Wir haben unsere gemeinnützige Institution »Gillette Land Society« genannt."

Der Bürgermeister nickt. „Das ist sehr interessant, junger Mann. Was kann ich nun für Sie tun?"

Das ist jetzt der Kernpunkt, Matthew Richmond sammelt sich und bringt die lange zuvor überlegten Argumente vor:

„Wir gehen von einem raschen Verkauf des Landes aus. Die vierhundert zusätzlichen Familien werden unseren kleinen Ort zu einem erheblichen Aufschwung verhelfen. Der Handel mit den Nachbarorten Fleetwood, Laramie und Cheyenne wird deutlich zunehmen."

Matthew räuspert sich, jetzt kommt der entscheidende Punkt: „Wir glauben, dass eine Eisenbahn von Cheyenne nach Fleetwood, allen beteiligten Orten erheblichen wirtschaftlichen Aufschwung bringen wird. Und was wir uns von Ihnen erhoffen, ist eine Unterstützung für den Bau dieser Eisenbahn."

Der Bürgermeister nickt zustimmend. „Das hört sich sehr gut an, ich garantiere Ihnen jetzt schon meine volle Unterstützung. Der wichtige Besuch übermorgen betrifft übrigens eine Erweiterung der Bahnstrecke nach Fleetwood. Sie kommen mit Ihrem Vorschlag also genau zum richtigen Zeitpunkt."

Dann grinst er und sieht Matthew Richmond an. „Und Sie möchten natürlich, dass diese Bahnlinie an Ihrer aufstrebenden Stadt entlang geführt wird, nicht wahr?"

Matthew erwidert das Lächeln. „Das ist genau mein Anliegen. Ich bin übrigens auch mit Mister Vanderbilt verabredet. Ich habe den Eindruck, das ist genau dieselbe Besprechung, an der auch Sie teilnehmen."

Der Bürgermeister nickt und ergänzt: „Die exakte Streckenführung hat natürlich auch mit den Gegebenheiten des Geländes zu tun, es muss das Laramie-Gebirge überquert werden. Und wenn sich eine mögliche Streckenführung in Einklang mit dem Gelände so ergibt, dass Gillette mit einbezogen werden kann, dann wird das sicher gemacht werden, so wahr ich hier sitze."

Matthew strahlt, das ist ja schon fast eine Zusage!

Der Bürgermeister greift nach seinem Hut. „Junger Mann, wir sehen uns. Ich bin sehr gespannt auf Ihre weiteren Ausführungen. Und nun entschuldigen Sie mich bitte."

Matthew Richmond sitzt noch einen Moment am Tresen und lässt sich das eben Gehörte durch den Kopf gehen. Bis jetzt ist sein Vorhaben gut gelaufen, hoffentlich klappt es auch weiterhin.

Er geht zu dem Pokertisch zurück und setzt sich zu den Spielern. Es gibt ein paar belanglose Runden für ihn, da erhält er mit einem Mal ein Superblatt. Es ist ein Flash, beginnend mit einem König. Das ist das Zweitbeste aller möglichen Kombinationen, so ein Blatt hat er erst einmal in der Hand gehabt. Das muss er jetzt bis zum Ende durchhalten. Er beginnt mit den ersten Einsätzen. Von den fünf Spielern hat erst einer aufgehört, die anderen haben entweder auch ein gutes Blatt, oder sie tun nur so. Das ist eben Poker.

Der Einsatz auf dem Tisch erhöht sich bei jeder Runde beträchtlich, es liegen bestimmt schon hundert Dollar dort. Matthew hat selbst noch etwa einhundert Dollar in seiner heimlichen Reserve - allzu lange darf das Spiel nicht mehr dauern. Und wieder steigt einer der Mitspieler aus, noch drei sind am Bieten beteiligt. Matthew erhöht wieder das Gebot, er legt zwanzig Dollar auf den Tisch. Damit geht das Spiel jetzt zu Ende, weil alle ihre Karten offenlegen müssen.

Matthew Richmond hat mit Abstand das beste Blatt. Freudestrahlend sammelt er seinen Gewinn ein. Es ist spät geworden, es ist schon nach ein Uhr. Matthew steht deshalb auf und verabschiedet sich von den anderen Spielern, die auch aufbrechen.

Draußen ist es fast völlig dunkel. Nur ganz selten wirft eine Petroleumlampe einen schwachen Schein auf die Straße. Matthew denkt über den Satz von dem Kassierer aus dem Hotel nach, sich nicht in dunklen Ecken aufzuhalten. Na prima, denkt er, das habe ich jetzt genau getroffen. Er schiebt seine Hand in die Jacke und tastet nach dem Deringer. Er zieht ihn heraus und hält die kleine Waffe in der Hand verborgen. Es ist nicht mehr weit bis zum Hotel, vielleicht noch zweihundert Schritte.

Ein Mann springt vor ihm aus einem Eingang und ruft: „Hände hoch!"

Er hält einen Revolver in der Hand und zielt auf Matthews Brust.

Matthew ist mit dem Deringer in der Hand schon schussbereit und drückt sofort ab. Der Schuss kracht und der

Mann vor ihm sackt zusammen. Im selben Moment erhält Matthew von hinten einen starken Schlag auf den Kopf und es wird schwarz um ihn herum.

Matthew öffnet die Augen. Es ist immer noch dunkel und sein Kopf schmerzt höllisch. Er hört jemanden sprechen: „Da, er bewegt sich. Hallo, wie geht es Ihnen?"
Es ist eine Frau mit Begleitung, die zu ihm spricht. Gemeinsam mit dem Mann, der bei ihr ist, heben sie Matthew auf und setzen ihn hin. Matthew fasst sich an den schmerzenden Kopf und fühlt Blut, das dort heruntergelaufen ist. Mühsam versucht er zu sprechen. „Ich bin überfallen worden. Den Mann vor mir habe ich erschossen, dann habe ich von hinten einen Schlag auf den Kopf bekommen."
„Können Sie aufstehen?", wird er gefragt. Matthew versucht es, es fällt ihm sehr schwer. Mit gemeinsamer Hilfe der beiden Passanten gelingt es ihm dann schließlich. Er fasst in seine Jackentasche und fühlt nach seiner Geldbörse. Sie ist nicht mehr da. Dann hat sich der Überfall für die Verbrecher gelohnt, er hatte etwa dreihundert Dollar bei sich.
„Ich bin ausgeraubt worden", sagt er. „Können Sie mich bitte bis zum Grand Hotel begleiten, das wäre eine große Hilfe für mich."
Die Frau spricht zu ihm: „Kommen Sie mit zu mir. Ich habe eine kleine Wohnung hier um die Ecke. Ich werde Sie verbinden und ich habe auch Platz zum Schlafen. Morgen sehen wir dann weiter."
Dankbar lässt sich Matthew stützen. Die Frau und der Mann, der sie begleitet, fassen jeder einen Arm und helfen ihm bis zu der Wohnung.
Sie legen ihn auf das Bett, dann verabschiedet sich ihr Begleiter. Die Frau stellt sich als Joan Carter vor. Sie zündet eine Lampe an und begutachtet ihn im gelben Schein des schwachen Lichtes.

„Sie haben eine dicke Beule am Kopf und einen kleinen Riss unter den Haaren. Ich werde ihnen das Blut vom Kopf waschen und Sie verbinden."

„Wie soll ich ihnen danken? Das ist wirklich sehr freundlich von Ihnen."

„Darüber reden wir morgen, jetzt werde ich Sie erst einmal versorgen." Sie holt eine Schüssel mit Wasser und einen Lappen und säubert ihm den Kopf von dem anhaftenden Blut. Dann zieht sie ihm noch den Gehrock und die Hose aus und deckt ihn zu.

Am nächsten Morgen wacht Matthew auf. Zuerst weiß er nicht, wo er sich befindet. Dann fallen ihm nach und nach die Geschehnisse der letzten Nacht ein. Hoffentlich ist er morgen wieder fit, denn dann soll das wichtige Gespräch stattfinden, der eigentliche Grund seiner Reise.

Es ist hell geworden und Licht scheint durch das Fenster. Die Zimmertür wird geöffnet und seine Retterin von letzter Nacht kommt herein. Sie trägt einen seidenen Morgenmantel und setzt sich zu ihm auf die Bettkante. „Wie geht es denn meinem Patienten heute?", fragt sie und sieht ihn prüfend an.

Matthew quält sich zu einem zaghaften Lächeln. „Ich glaube, es geht schon wieder. Ohne Ihre Hilfe würde ich noch auf dem Bürgersteig liegen. Und wer weiß, was mir dann noch passiert wäre."

Joan Carter lächelt ihn an. „Ich werde nebenan etwas Frühstück anrichten. Ich würde mich freuen, wenn Sie mein Gast sein würden."

„Vielen Dank, das kann ich gar nicht wieder gut machen".

Dann richtet sich Matthew versuchsweise auf. Es geht, nur der Kopf schmerzt noch. Joan Carter wirft einen Blick auf den Verband. „Das sieht auch gut aus. Ich würde an Ihrer Stelle heute noch einen Arzt aufsuchen, es scheint Gott sei Dank alles in Ordnung zu sein."

Sie verschwindet im Nachbarraum und bald darauf hört Matthew das Klappern von Geschirr. Er betrachtet sich im Spiegel. Es fühlt sich schlimmer an, als es aussieht. Dann wäscht er sich an der Waschschüssel so gut es geht und zieht seine Hose und seinen Rock an. Er klopft an die Tür des Nachbarzimmers.

„Herein!", ruft sie mit ihrer wohlklingenden Stimme und er betritt das Wohnzimmer.

Es sieht hier sehr gemütlich aus, etwas viel Plüsch für seinen Geschmack. Ein Tisch ist gedeckt, es gibt Kaffee, Brot und Marmelade. Mit viel Appetit isst Matthew drei Scheiben von dem Brot. Dann lehnt er sich zurück und sieht Joan Carter an. „Ich glaube, ich muss Ihnen etwas von mir erzählen."

„Okay, nur zu, ich bin ganz Ohr." Matt mustert seine gut aussehende Retterin. Sie mag etwa Anfang dreißig sein, ihre blonden Haare sind zu einem Knoten gebunden, für seinen Geschmack hat sie etwas zu viel Schminke aufgelegt.

„Zuerst entschuldigen Sie bitte mein Aussehen. Ich konnte mich heute Morgen nicht rasieren."

Joan Carter macht ein erschrockenes Gesicht. „Entschuldigen Sie, dass ich daran nicht gedacht habe. Ich habe Rasierzeug hier, das können Sie gerne benutzen."

Matthew Richmond sieht sie erstaunt an. Dann erklärt sie es näher. „Wissen Sie, ich habe manchmal - äh - Herrenbesuch, und dann ist es zweckmäßig. Ich kann Ihnen auch gleich das Rasierzeug bringen."

„Ja, das wäre nett. Vorher möchte ich kurz meine Geschichte zu Ende bringen."

Joan Carter nickt und Matthew fährt fort. „Mein Name ist Matthew Richmond. Mein Freunde sagen Matt zu mir", sagt er und lächelt sie an. „Ich bin Beauftragter der Stadt Gillette und soll mich hier für einen Bau der Eisenbahn über Gillette nach Fleetwood einsetzen." Er erzählt seiner aufmerksamen Zuhörerin von dem großen Land, das aufgeteilt werden soll, um Siedler mit günstigem Weide- und Ackerland zu versehen.

„Das klingt ja sehr interessant. Da ist wohl viel Geld im Spiel?"

„Das können Sie annehmen. Mein Freund und Geschäftsführer, Mickey Callaghan, hat mit seiner Frau den gesamten Reichtum des alten Besitzers geerbt, und durch die Landverkäufe und die geplante Beteiligung an manchen Geschäften wird ständig etwas dazu kommen."

„Ich werde Sie wohl bei Gelegenheit in Gillette besuchen und mir Ihr aufstrebendes Örtchen mal ansehen."

„Das würde mich sehr freuen. Und schieben Sie es nicht zu lange hinaus."

Joan Carter nickt und geht das Rasierzeug holen. Matthew geht damit in das kleine Gästezimmer. Während er sich rasiert, ruft sie ihm zu: „Sind Sie eigentlich verheiratet?"

„Nein!" ruft er, „gleich mehr!"

Dann ist er fertig, er hat seinen eleganten Gehrock wieder angezogen und sieht sehr gut darin aus. „Wie Sie wissen sind etwa 90 Prozent der Bevölkerung Männer und entsprechend wenige Frauen. Und die wenigen Frauen sind praktisch alle vergeben. Da freut man sich über jedes neue weibliche Gesicht. Und über hübsche Gesichter ganz besonders." Er lächelt sie an und setzt sich ihr gegenüber auf einen Stuhl.

Joan Carter sieht ihn an, sie zögert etwas und sagt dann: „Sie haben sich sicher gefragt, warum ich auf den Besuch von Männern eingerichtet bin."

„Ja, allerdings. Das ist mir schon durch den Kopf gegangen."

„Das liegt daran, dass ich mein Geld als Prostituierte verdiene."

Peng! Da war es raus. Matthew ist etwas verblüfft. Nicht sehr, er hat sich so etwas schon gedacht. Der lockere Umgang mit Männern, das Rasierzeug, die deutliche Schminke, der viele Plüsch, das war fast zu erwarten. „Das ändert nichts, oder doch fast nichts an meiner Meinung von Ihnen. Sie haben mir geholfen, als ich verletzt war und bewusstlos auf dem Bürgersteig lag, darauf kommt es an. Und außerdem haben Sie mir ehrlich gesagt, womit Sie Ihr Geld verdienen. Das ist doch mehr als viele andere getan hätten."

Joan Carter ist sichtlich erleichtert. „Das freut mich, dass Sie das so vernünftig sehen. Denn wissen Sie, als Frau hat man es im Westen nicht leicht. Und in solchen Orten wie Cheyenne, da ist jede zweite Frau eine Prostituierte. Jedenfalls jede unverheiratete Frau."

Matthew nickt, „das kann ich mir gut vorstellen, ich habe damit kein Problem." Er steht auf. „So, jetzt muss ich mich verabschieden. Nur ungerne, ich muss leider weiter. Morgen ist ein sehr wichtiger Tag für mich, da gibt es noch Einiges zu tun. Und nochmals vielen Dank." Er gibt ihr die Hand, sie ergreift sie und gibt ihm einen Kuss auf die Wange.

„Kann ich Sie noch einmal wiedersehen, bevor Sie wieder nach Gillette zurückfahren?"

Matthew freut sich und nickt. „Das geht ganz sicher. Heute und morgen ist es etwas eng bei mir. Ab übermorgen ist es in Ordnung. Ich kann über meine Zeit weitgehend selbst verfügen."

„Das freut mich. Es geht erst ab dem späten Vormittag, und abends eigentlich gar nicht. Wissen Sie, denn dann bin ich beschäftigt." Sie räuspert sich und sieht nach unten.

Matthew fasst ihr unter das Kinn, hebt es hoch und sieht ihr in die Augen. „Das macht nichts, ich freue mich, wenn ich Sie sehen kann." Zum Abschied nimmt er sie kurz in die Arme und drückt sie an sich.

Im Hotel untersucht er seine Brieftasche. Die hat man ihm wenigstens gelassen, die Gauner haben wohl keine Zeit mehr gehabt, danach zu suchen. Weil er einen von ihnen erschossen hatte, konnte der Raub nicht wie vorgesehen beendet werden. Nun muss er als nächstes zur Bank, um sich wieder etwas Bargeld zu besorgen. Er sieht in den Spiegel und prüft sein Aussehen. Und zum Barbier sollte er noch gehen. Ein ordentliches Aussehen ist wichtig. Sein Zeug ist nicht beschädigt, nur etwas staubig, die Behandlung mit einer Bürste muss genügen.

Der Tag ist ziemlich ausgeplant. Erst muss er zur Bank, um sein abhanden gekommenes Bargeld aufzufüllen. Glücklicherweise war der größte Teil des gestohlenen Geldes der Gewinn vom Pokerspiel und nicht sein eigenes Geld, so ist der Diebstahl leichter zu verschmerzen.

Der nächste Weg führt ihn zum Arzt. Der Mediziner ist selbst nicht da, es ist eine ältere, etwas resolute Krankenschwester in der Praxis, die ihm seinen Verband erneuert. Matthew erzählt ihr, wie er sich die Verletzung eingehandelt hat.

„Da haben Sie großes Glück gehabt, "sagt die Sanitäterin, „viele bleiben bei diesen Überfällen als Tote auf der Strecke."

Matthew schluckt, so etwas hat er sich auch schon gedacht. Dann wäre seine ganze Mission zum Teufel gewesen. Wenn es das nächste Mal wieder so spät werden sollte, muss er darauf achten, nicht alleine zu sein. Der Friseur muss noch etwas warten, mit Verband macht es nicht viel Sinn. Da die Versammlung morgen erst am Nachmittag ist, wird er den Barbier morgen Vormittag aufsuchen.

Die wichtige Besprechung findet im Konferenzraum des Cheyenne Grand Hotels statt. Matthew ist überpünktlich dort, frisch frisiert und rasiert. Den Verband hat er abgenommen, nicht weil die Wunde schon verheilt wäre, sondern weil ein Verband am Kopf ihn vielleicht als Raufbold erscheinen lassen würde.

Weitgehend pünktlich treffen die anderen Teilnehmer der Konferenz ein. Matthew kennt außer dem Bürgermeister von Cheyenne niemanden. Der Mayor kommt auf ihn zu und begrüßt ihn wie einen alten Bekannten. „Na, junger Freund, wann sind Sie denn nach Hause gegangen?"

Matthew erzählt in kurzen Worten von dem erfolgreichen Pokerspiel und von dem Überfall danach.

Der Bürgermeister ist betroffen. „Das tut mir sehr leid für Sie, seien Sie froh, dass Sie am Leben geblieben sind." Er drückt ihm die Hand. „Für heute wünsche ich Ihnen mehr Erfolg."

Zwei weitere Herren kommen herein und stellen sich vor. Es sind Cornelius Vanderbilt, der Geschäftsführer der Union Pacific und sein Chefingenieur, Grenville Dodge. Die Teilnehmer der Konferenz setzen sich. Der Bürgermeister von Cheyenne ist ohne viel Widerstreben zum Leiter der Konferenz ernannt worden. Er sieht sich um.

„Der Einzige, der laut meiner Liste fehlt, ist der Gouverneur vom County Wyoming."

In dem Moment geht die Tür auf und ein älterer Herr mit grauen Locken betritt den Raum. Alle Anwesenden drehen sich zu ihm um, daraufhin erklärt er: „Es tut mir leid, dass Sie mit mir vorlieb nehmen müssen. Ich bin der Vertreter des Gouverneurs, er ist leider verhindert. Es hat im Norden von Wyoming, in der Nähe von Fort Washakie, einige Kämpfe mit den Indianern gegeben. Er ist nun mit einigen höheren Militärs zusammengetroffen, um festzulegen, wie dagegen vorgegangen werden soll."

„Diese verdammten Indianer!", schimpft der Bürgermeister, dann eröffnet er die Versammlung. „Ich bedanke mich besonders bei Mister Vanderbilt und General Dodge, weil sie trotz ihrer vollen Terminpläne die Zeit gefunden haben, hierher zu kommen. Das Thema der heutigen Versammlung ist generell der Bau von Bahnlinien in die Nachbarschaft der Hauptstrecke, insbesondere die Erstellung einer Bahnlinie von Cheyenne in die nördlichen Teile von Wyoming, der erste Bauabschnitt soll bis nach Fleetwood führen."

Sehr zur Freude von Matthew hat der Bürgermeister sein Anliegen gleich zur Chefsache gemacht. Er kommt sich ganz klein und unbedeutend vor in der Runde. Mister Cornelius Vanderbilt ist als Geschäftsführer der Union Pacific ein überaus einflussreicher Geschäftsmann. Sein Chefingenieur und früherer Generalmajor der Nordstaaten, Grenville Dodge, ist ihm an Bedeutung fast ebenbürtig. Und er sitzt hier als Vertreter eines kleinen Ortes, der kaum auf einer Landkarte verzeichnet ist.

Die Besprechung geht ins Detail. Die wichtigsten Themen sind Wirtschaftlichkeit und Finanzierung. Dann ist Matthew Richmond an der Reihe. Der Bürgermeister fordert ihn auf: „So, junger Mann aus Gillette, darf ich Sie bitten sich vorzustellen und dann Ihre Pläne darzulegen?"

Matthew fühlt sich etwas unbehaglich in diesem erlauchten Kreis. Er gibt sich einen Ruck und steht auf. „Meine Herren, ich bedanke mich für das außerordentliche Entgegenkommen, hier in Ihrem Kreise meine Wünsche darlegen zu dürfen."

Matthew Richmond wird aufmerksam beobachtet, General Dodge nickt ihm ermutigend zu.

„Mein Name ist Matthew Richmond. Ich bin als Vertreter des Ortes Gillette hier. Er liegt an der Postroute nach Fleetwood, von hier aus hinter dem Laramie Gebirge, oder den sogenannten Black Hills."

General Dodge nickt, er kennt die Gegend hier im Detail, er hat schon vor acht Jahren eine Route über das Laramie Gebirge erkundet.

Matthew fährt mit seinen Erläuterungen fort. „Wir sind ein aufstrebender Ort. Vor kurzem hat mein Auftraggeber ein

Gebiet von etwa 6400 Acres (260 Quadratkilometern) im Tal des Brazos River durch Erbschaft erhalten. Er beabsichtigt, es Siedlern für zweihundert Dollar pro Parzelle mit je 160 Acres zur Verfügung zu stellen. Da die Bedingungen sehr günstig sind, rechnen wir mit einem schnellen Verkauf und Besiedelung des Tales. Der Ort Gillette wird sich in den nächsten fünf Jahren nach unseren Überlegungen von zurzeit etwa 400 Einwohnern, auf etwa 1500 Einwohner vergrößern. Dazu kommt die Kaufkraft durch den Bedarf der etwa vierhundert Siedlerfamilien."

Matthew zieht die Karte aus seinen Unterlagen, die ihm Clint Wagner, der neue Landvermesser, für diesen Zweck angefertigt hat. Die Anwesenden beugen sich interessiert darüber und folgen Matthews Ausführungen.

General Dodge beginnt mit einigen Bemerkungen: „Die Strecke nach Fleetwood ist mir sehr gut bekannt, wie sie wissen. Wenn ich das richtig erinnere, liegt Gillette an der geraden Strecke dorthin. Es ist in dem Bereich auch kein Fluss oder ein Gebirgszug zu überqueren, so dass im Moment nichts dagegen spricht, Gillette in die Planung mit einzubeziehen."

Cornelius Vanderbilt, der Geschäftsführer der Union Pacific fügt hinzu: „Ich gebe meinem Chefingenieur General Dodge in jeder Hinsicht Recht. Er kennt die örtlichen Gegebenheiten in dieser Gegend besser als ich und besser als die meisten anderen. Entscheidend für die Streckenführung sind die Machbarkeit und die Wirtschaftlichkeit. Wenn Gillette nun abseits liegen würde, müsste es einen entsprechenden wirtschaftlichen Anreiz geben, eine Eisenbahnstrecke trotzdem dorthin zu legen. Daher überlasse ich die genaue Führung der Strecke dem Team um General Dodge."

Der Chefkonstrukteur zeigt mit einem Stock die mögliche Route auf der Karte und erläutert den wahrscheinlichen Verlauf der Strecke nach seinen Vorstellungen.

Matthew ist bisher sehr zufrieden. Er hatte nicht gewusst, dass die Planung der Strecke nach Fleetwood schon vorgesehen war. Und Mickeys Plan, die Bahnlinie dann an Gillette entlang zu führen, scheint auch aufzugehen. Mickey wird sich freuen, wenn er das erfährt.

Die Konferenz ist zu Ende. Die Teilnehmer stehen auf, recken sich und begeben sich an einen Tisch im Nebenraum, dort ist inzwischen zum Dinner gedeckt worden.

Matthew kommt neben General Dodge zu sitzen. Der dreht sich zu ihm und sagt: „Ihr Auftraggeber scheint ein sehr bemerkenswerter Mann zu sein. So ein Gelände für einen Spottpreis abzugeben, anstatt es selbst zu verwenden, das ist nicht selbstverständlich."

„Ja, das ist wahr. Ich schätze mich glücklich, für ihn arbeiten zu dürfen und auch sein Freund zu sein."

General Dodge wendet sich dem Essen zu und sagt noch: „Sobald die Planung beginnt, werde ich mich ganz sicher bei Ihnen melden und Ihnen und Ihrem bemerkenswerten Auftraggeber einen Besuch abstatten."

„Vielen Dank, ich fühle mich sehr geehrt und ich werde diesen Wunsch gerne an meinen Chef, Mickey Callaghan, weitergeben."

Matthew Richmond ist wieder in seinem Hotelzimmer und lässt sich das heute Erlebte durch den Kopf gehen. Er hat eigentlich alles erreicht, was er sich erhofft hatte. Die Eisenbahn würde mit großer Wahrscheinlichkeit Gillette berühren. Letzte Sicherheit würde die Detailplanung der Streckenführung ergeben, so wie er das Gelände auf dem Weg nach Fleetwood kennt, ist es sehr wahrscheinlich, dass Gillette einen Bahnhof erhalten wird.

Und welche Arbeit würde jetzt noch hier in Cheyenne notwendig sein? Er war mit allen seinen Plänen erfolgreich gewesen. Er hatte alle maßgeblichen Personen getroffen, nur den Gouverneur nicht, das scheint nun nicht mehr notwendig zu sein. Er kann jetzt die Heimfahrt nach Gillette planen. Es gibt jetzt nur noch einen offenen Punkt, und das ist Joan Carter. Sie spukt ihm ab und zu durch den Kopf. Dass sie ihm geholfen hatte, als er verletzt mitten in der Nacht auf dem Bürgersteig gelegen hatte, war schon bemerkenswert. Er hätte ja einfach nur ein Betrunkener gewesen sein können. Dass sie einem verrufenen Gewerbe angehört, betrübt ihn etwas. Was soll's, ledige Frauen gab es hier im Westen nur wenige, und Joan Carter war sympathisch und ganz ansehnlich. Da sie heute Abend nicht mehr zu erreichen war, wollte er sie morgen im Laufe des späten Vormittags aufsuchen.

Am nächsten Morgen gegen elf Uhr verlässt Matthew Richmond das Hotel und geht das kurze Stück zu der Wohnung von Joan Carter. Schnell findet er das Haus und geht die Treppe hoch zum ersten Stock. Geschrei dringt an sein Ohr, es kommt aus dem ersten Stock. Wohnt dort nicht Joan Carter? Sicher ist er sich nicht, er war erst einmal bei ihr.

„Geben Sie sofort mein Geld her!", hört er, dann knallt eine Tür und es kommt jemand die Treppe heruntergelaufen. Es ist ein Mann, mit dunklem Bart und Zylinder. Matthew vermutet, dass es sich bei diesem Mann um einen Dieb handelt. Er tritt zur Seite, so als wolle er Platz machen, genau in dem Moment, in dem der Mann an ihm vorbeiläuft, stellt er ihm ein Bein. Er greift sofort in seine Jacke und zieht den Deringer heraus.

Mit einem großen Krach stürzt der Mann und fällt die Treppe hinunter. Matthew steht sofort neben ihm und richtet seine kleine Waffe auf ihn. „Keine Bewegung, Sie sind sonst ein toter Mann!" Er ruft nach oben: „Ich habe ihn! Sie können runterkommen, Miss Carter!"

Die Hure kommt die Treppe herunter, ihre Haare sind durcheinander, sie hat noch Tränen im Gesicht. Sie freut sich, als sie Matthew sieht.

„Mister Richmond! Was für ein Glück, dass Sie gerade jetzt hier sind!"

Als der Dieb sieht, dass Matthew für einen Moment abgelenkt ist, springt er auf und läuft in langen Sätzen aus dem Haus. Matthew sieht ihm noch nach, nun ist er ungefährlich. Gauner, die Prostituierte bestehlen, haben meistens Angst vor Männern.

Der Mann hatte in der Hand eine Geldbörse gehalten, die liegt jetzt unten im Treppenhaus. Joan Carter hat sie schon entdeckt und hebt sie auf. Sie dreht sich zurück zu Matthew, der noch auf der Treppe steht.

„Ich glaube, wir zwei sind füreinander bestimmt", sagt sie mit einem Lächeln und gibt ihm einen Kuss auf die Wange. „Kommen Sie mit hoch, ich muss mich noch ein wenig herrichten."

Matthew geht hinter ihr die Treppe hoch. „Sagen Sie mal, wie laufen Sie eigentlich herum, meine Liebe?", fragt er sie. Sie trägt nur Unterwäsche, einen seidenen Unterrock und ein Korsett. Joan Carter sieht ihm in die Augen und sagt: „Jetzt sehen Sie mich mal in meiner Arbeitskleidung", es ist ihr etwas unangenehm.

Matthew schmunzelt. „Das ist doch nicht so schlecht, was ich da sehe. Daran könnte ich mich gewöhnen."

Joan Carter verschwindet in ihrem Schlafraum und kommt etwa zehn Minuten später wieder. Jetzt sieht sie bürgerlich aus. Sie trägt einen hübschen langen Rock und eine schwarze Jacke. Die Haare hat sie hochgesteckt und einen kleinen Hut darauf gebunden. Ihr vorhin noch auffälliges Makeup hat sie entfernt. Matthew pfeift.

„Donnerwetter, so gefallen Sie mir noch besser."

Joan Carter lächelt, ihre Augen strahlen und sie hakt sich bei ihm unter. „Und? Was machen wir zwei jetzt?"

Matthew freut sich über die nette Frau an seinem Arm. „Ich habe gedacht, das wir zwei Hübschen jetzt etwas essen gehen. Vielleicht interessiert es Sie, von der Konferenz zu hören, in dem Fall werde ich Ihnen etwas davon erzählen."

Sie drängen sich durch die Menschenmassen auf dem hölzernen Bürgersteig. Auf der Straße ist der gleiche Lärm, wie jeden Tag um die Mittagszeit. Sie gehen in eines der beiden Restaurants an der Hauptstraße, Joan Carter empfiehlt es ihm. Sie setzen sich und lesen den handgeschriebenen Zettel mit den Gerichten.

„Sie sind selbstverständlich eingeladen. Sie brauchen keine Hemmungen zu haben, mein Konto ist gut gedeckt."

Matthew Richmond berichtet von der gestrigen Besprechung. Als er General Dodge erwähnt, wird Joan Carter hellhörig.

„Sie haben General Dodge kennengelernt? Grenville Dodge persönlich?"

„Ja, allerdings. Wir haben die ganze Zeit miteinander zu tun gehabt und am Ende habe ich an der Tafel neben ihm gesessen. Kennen Sie ihn, Miss Carter?"

„Nun sagen Sie doch nicht immer Miss Carter zu mir, ich heiße Joan."

Sie lächelt ihn an. Er hebt sein Glas und sagt: „Für dich bin ich Matthew, oder Matt."

Sie dreht ihr Gesicht zu ihm hin und gibt ihm einen Kuss. Matthew genießt ihre weichen Lippen.

„Erzähl doch mal, kennst du den General Dodge?", fragt er nach.

„Ich habe ihn ein paar Mal gesehen, habe nie mit ihm persönlich zu tun gehabt. Ich bin vor vier Jahren hierhergekommen, also 1868. Er hat damals den Bau der Union Pacific geleitet. Ein Geschäftsmann namens Sid Campeaux, hat mich und viele Leidensgenossen damals dutzendweise aus New Orleans hierher gekarrt. Wir haben nicht gewusst, was uns erwartet. Von Tänzerin und Bedienung an der Theke war die Rede, dann sind wir alle in den Bordellen gelandet. Sid war der Besitzer der meisten Spielsäle und fast aller Bordelle hier in Cheyenne und an den folgenden neuen Orten an der Bahn. Damals war es katastrophal hier, dagegen ist es heute harmlos. Tausende von Bahnarbeitern haben hier gelebt, getobt und ihr Geld ausgegeben. Das war eine schlimme Zeit, auch für mich und meine Kolleginnen. Heute ist es geradezu gemütlich. Ich habe einen festen Job im Saloon und verdiene mir noch ein paar Dollar nebenher. Dank deiner Hilfe kann ich sie meistens auch behalten."

Matthew legt seine Hand auf ihre und hält sie fest. „Ich werde Cheyenne morgen mit der Postkutsche verlassen", sagt er, „meine Arbeit ist jetzt erledigt und ich werde nach Gillette zurückfahren."

„Oh, das ist schade", sagt Joan und sieht ehrlich betrübt aus.

„Heute ist unser letzter gemeinsamer Tag in Cheyenne. Ich würde mich freuen wenn Sie, äh - ich meine du - uns besuchen kämest. Ich würde mich sehr freuen."

Joan Carter lächelt ihn an. Matthew gefällt ihr gut. Gillette ist zwar nicht Cheyenne, trotzdem würde sie sicher nicht in Armut leben müssen.

„Ich besuche dich, ganz bestimmt. Vielleicht eher, als dir lieb ist."

„Das kann gar nicht früh genug sein", sagt er und küsst sie.

Die Siedler kommen

Matthew Richmond sitzt in der Postkutsche auf dem Weg nach Gillette. Ihm fällt ein, dass es genau die Strecke ist, auf der Clint Wagner, ihr Landvermesser, überfallen worden ist. Er überprüft zur Sicherheit seinen Deringer. Es ist seine Gewohnheit, ihn immer wieder nachzuladen, sobald er ihn benutzt hatte. Er hat nur zwei Schuss zur Verfügung, das ist im Ernstfall nicht viel. Aber zwei Schuss im Kaliber. 45, das ist trotz der Winzigkeit der Waffe eine nicht zu unterschätzende Feuerkraft.

Dieses Mal hat die Kutsche nur seinen Kleiderkoffer und damit nichts wirklich Wertvolles an Ladung dabei.

Neben ihm in der Kutsche sitzt ein Vertreter des »Cheyenne Star«. Er hat in seinem Gepäck neben seinen persönlichen Dingen einen Fotoapparat mit Stativ dabei. Zu seiner Verblüffung erfährt Matthew, dass er Reporter dieser Zeitung ist und sich im Ort Gillette nach den Einzelheiten der Besiedelung erkundigen soll. Die Information dazu ist von John Clarkdale, dem Inhaber des Gillette Mirror gekommen.

„Was für ein Zufall!", entfährt es Matthew Richmond, „da sind Sie bei mir an den richtigen Reisegefährten geraten."

Und er beginnt zu erzählen. Der Reporter notiert sich eifrig Matthews Informationen. Bei dem Geschaukel der Kutsche ist das Schreiben nicht ganz einfach. Schneller als erwartet, kommen die beiden in Gillette an und helfen dem Kutscher das Gepäck abzuladen. Der Reporter hat nicht weit zu gehen, er wird im Boarding House übernachten, das der Poststation benachbart ist. Matthew muss mit seiner Kiste zum Cattlemens Palace, er bewohnt dort ein Zimmer hinter dem Saloon.

Am nächsten Vormittag trifft Matthew sich mit Mickey, der wieder einmal für mehrere Tage sein Lager in Gillette, genauer im Gästezimmer der Nolans, dem Inhaber des Gillette General Store, aufgeschlagen hat.

Sie sitzen im Büro der Gillette Land Society, dort stehen ein großer Tisch und acht Stühle. An der Wand befinden sich mehrere Aktenschränke, die noch alle leer sind. Auch hängt dort ein großer Plan, der in Gillette beginnt und das gesamte Gelände des toten Großranchers zeigt. Die Karte ist die erste große Arbeit von Clint Wagner, er hat die Lage der künftigen Parzellen eingezeichnet. Ein paar Straßen und eine neue Brücke über den Brazos River, die beide noch nicht bestehen, sind schon gestrichelt angedeutet.

Mickey sieht mit Stolz auf die Karte.

„Dank deiner tollen Leistung können wir vielleicht bald den Bahnhof und die Bahnlinie ergänzen."

Matthew freut sich, dass sein Besuch in Cheyenne so erfolgreich gewesen war. Da eine Bahnlinie nach Fleetwood bereits angedacht war, war es zwar etwas einfacher gewesen, wichtig war das Treffen allemal.

Mickey grinst und steht auf. „Wir verfügen jetzt auch über die neueste Errungenschaft der modernen Technik. Komm mit und sieh dir das an." Er geht in einen der Nebenräume und zeigt stolz auf den Tisch, der dort steht.

„Tamteram! Da steht es. Wir haben jetzt ein eigenes Telegrafiergerät. Leider haben wir noch niemand, der damit umgehen kann. Oder kennst du das Alphabet von Samuel Morse?"

Matthew schüttelt den Kopf. „Das sollte sich einrichten lassen. Das Gerät muss nicht dauernd besetzt sein. Eingehende Meldungen könnte ich einsammeln, die kann dann später jemand auslesen, die ausgehenden Meldungen könnten wir sammeln und einmal am Tag abschicken."

„Ja, das klingt sinnvoll. Dann benötigen wir - jedenfalls vorläufig - nur jemanden, der vielleicht eine Stunde am Tag hier ist."

Mickey wendet sich zur Tür. „Ach ja, da fällt mir noch folgendes ein: Dank eines Hinweises von Ben Nolan habe ich einen Fachmann für Deich- und Mühlenbau gefunden, der wird in ein oder zwei Wochen hier eintreffen. Was ich dann noch benötige, sind jede Menge Arbeiter. Sie sollen den Brazos River zum Teil eindeichen, wo immer es nötig sein sollte. Den Staudamm für das Sägewerk sollen sie

63

auch aufschütten. Falls dir noch jemand einfällt, der dort mitarbeiten könnte, lass es mich wissen."

Er tippt mit der Hand an den Hut und geht hinaus.

Mickey ist etwa eine halbe Woche in Gillette und die andere Hälfte auf der Double-M Ranch bei seiner Frau. Der Bau der Erweiterung des Haupthauses geht zügig voran. Das große Wohnzimmer bekommt ein großes Fenster zum See hinaus, wie schon das alte Ranchhaus. Davor wird einmal eine große Terrasse entstehen. Der Anbau ist so geplant, dass die Küche von beiden Parteien benutzt werden kann, sie wird lediglich etwas vergrößert. Neben dem Wohnzimmer befinden sich ein Schlafraum und ein Umkleideraum mit einer Waschecke und einer Badewanne. Marilyn hat sich sehr gewundert, als Mickey ihr das vorgeschlagen hatte. „Was hast du denn für Ideen?", fragt sie ihn und sieht ihn schelmisch an.

„Du wirst schon sehen, das wird dir noch sehr gefallen."

Er hatte so etwas bei seinem letzten Arbeitgeber in Laramie gesehen, es erschien ihm sehr zweckmäßig. Die Toilette bleibt wo sie ist, nämlich hinter dem Haus. Der Flur führt noch in einen langen Anbau, dort sollen nach Mickeys Vorstellung zwei große Kinderzimmer einstehen.

„Es ist doch nur ein Kind in Aussicht, was hast du denn noch vor?", fragt ihn seine süße Maus und sieht ihn lächelnd an.

„Ich?", fragt Mickey anscheinend empört. „Wer verführt mich denn immerzu?"

Er nimmt sie in den Arm und sie küssen sich innig.

Mickey Callaghan ist wieder in Gillette. Er sitzt im Büro der Gillette Land Society und unterhält sich mit Matthew Richmond. Matt erzählt ihm von seinen Erlebnissen in Cheyenne.

„So, du hast da also ein Mädchen kennengelernt, du Schwerenöter?", lacht ihn Mickey an. Er freut sich für seinen Freund. "Wird noch etwas Ernstes daraus?"

„Ich hoffe doch. Sie wollte mich bald besuchen, hat sie mir versprochen. Ach, übrigens", Matt macht eine kurze Pause, „sie ist Prostituierte. Ich möchte es dir jetzt schon sagen, bevor es später Missverständnisse gibt."

„Alter Freund, das ist mir egal. Das Wichtigste ist doch, dass ihr euch versteht. Und wenn ich deine Geschichte richtig verstanden habe, habt ihr euch gut gegenseitig geholfen. Im Westen kann man froh sein, überhaupt eine Frau zu finden, ich drücke dir auf jeden Fall die Daumen."

Matthew drückt Mickey beide Hände. Es fühlt sich gut an, einen wahren Freund zu haben.

Mickey fährt fort, Matt in seine Pläne einzubeziehen. „Sag mal, hast du nicht die nächsten Tage noch ein wenig freie Zeit? Ich glaube nicht, dass die ersten Siedler innerhalb der nächsten zehn Tage kommen werden."

„Du hast Recht. Die Anzeigen erscheinen erst in diesen Tagen, bis zum Eintreffen der ersten Siedler wird es also noch eine Weile dauern."

„Genau. Ich habe nämlich folgende Arbeit für Dich: Reite bitte zur alten Breckinridge-Ranch und helfe Clint bei seiner Arbeit. Bei der Gelegenheit kannst du die Lage der Parzellen und deren eventuelle Besonderheiten kennenlernen."

„Das ist eine gute Idee, das mache ich gerne", sagt Matt und freut sich auf die neue Tätigkeit. „Dann kann ich den Siedlern schon im Büro einige Tipps geben."

Matthew reitet auf seinem gefleckten Pferd zu der Ranch des verstorbenen Rinderbarons. Hinter dem Sattel hat er eine dicke Gepäckrolle mit Kleidung und persönlichen Gegenständen für die nächsten Tage festgebunden. Zur Breckinridge Ranch muss er die Furt über den Brazos

River benutzen. Das Wasser ist heute etwas hoch wegen der Regenfälle in der letzten Woche, so kommt sein Pferd fast ins Schwimmen und seine Hose wird bis zur Hüfte nass. Seinen Kleidersack hat er losgebunden und hält ihn vor dem Bauch fest. Die Idee von Mickey, über den Brazos River eine Brücke zu bauen, gefällt ihm jetzt immer besser.

Das Wetter ist seit zwei Tagen wieder gut, die Sonne scheint und seine Hose beginnt rasch zu trocknen. Bis die Stiefel trocken werden, wird es noch mindestens bis morgen dauern. Es ist Oktober, und morgens herrscht häufig schon Frost, der jedoch bei beginnendem Sonnenschein schnell verschwindet und in einen heißen Tag übergeht. Jetzt spannt sich ein stahlblauer Himmel über den Horizont, ein kühler Wind weht von Norden. Sein Pferd läuft einen leichten Galopp, den kann es leicht bis zur Ranch hin durchhalten.

Seine Gedanken kreisen um die Entwicklungen der letzten Tage. Seine Arbeit läuft gut und er freut sich auf die Zusammenarbeit mit Clint Wagner. Wie konnte er in den letzten Jahren nur so viel Zeit mit Kartenspielen vertun?

Er erreicht die Ranch und springt vom Pferd, er führt es in den Stall und reibt das erhitzte Tier ab. Clint hat ihn kommen sehen und kommt ihm schon aus dem Haus entgegen.

„Hallo, Matthew, was treibst du denn hier?", begrüßt er ihn und sie geben sich die Hand.

„Mickey hatte die Idee, dass ich dir ein paar Tage helfen sollte. Um dich zu entlasten und um das Land hier noch besser kennenzulernen."

Clint lacht, „Mickey denkt wohl, ich schaffe das nicht alleine."

Sie lachen beide. Clint fährt fort: „Nein, das ist völlig in Ordnung, dass du hier bist. Ich kann jede Hilfe gebrauchen. Und die Idee mit dem Kennenlernen des Landes ist doch hervorragend. Ich schlage deshalb vor, dass wir morgen gemeinsam einmal durch das Tal reiten. Ich nehme meinen Übersichtsplan mit, dann kann ich dir alles erklären."

Sie gehen beide ins Haus und Matthew sucht sich ein Zimmer für die nächsten Tage. Das Haus ist riesengroß, viele Zimmer sind noch unbenutzt. Clint hat inzwischen einen zweiten Kollegen aus Laramie erhalten, der ist jedoch mit zwei Cowboys unterwegs in dem großen Tal. Für Matthew findet sich schnell eine Schlafgelegenheit, er wirft seinen Kleidersack auf das Bett und folgt dann Clint in den Arbeitsraum. Auf dem übergroßen Tisch in der Mitte des Raumes liegt eine Karte. Clint hat das ganze Land und viele der Parzellen schon ausgemessen. Mit dünnen Strichen hat er Vorschläge für ein paar Straßen und auch eine Brücke über den Fluss eingezeichnet.

Matthew sieht sich den Plan genau an und versucht sich möglichst viel einzuprägen. Er sagt mit einem prüfenden Blick auf die Karte: „Wir werden mit großer Wahrscheinlichkeit eine Bahn erhalten, du kannst dir schon mal einen Platz für den Bahnhof und die Strecke ausdenken."

„Das ist ja prima", sagt Clint, „Mickey gelingt wohl alles, was er sich in den Kopf setzt, was?"

„Ja, das kann man so sagen. Er hat auch immer gute Ideen und weiß sie umzusetzen. Mit seinem Charisma kann er die meisten Leute schnell überzeugen."

Am nächsten Morgen ist es wieder kalt, der kommende Winter kündigt sich an. Die Sonne schickt ihre ersten goldenen Strahlen über die Berge hinüber. Clint und Matthew sitzen in der Küche und nehmen ihr Frühstück zu sich. Es gibt gebratenen Schinken mit Rührei, wie fast jeden Morgen. Da sie den ganzen Tag unterwegs sein werden, packen sie sich eine Speckseite und Zwieback ein.

Sie reiten los, es ist recht kühl, beide Männer haben sich eine Decke um die Schulter gelegt. Clint hat sich Essgeschirr mitgenommen, sie müssen sich unterwegs etwas Holz sammeln, damit können sie Feuer machen und den Speck braten. Das ist erheblich angenehmer, als ihn kalt zu kauen.

Immer wieder bleibt Clint mit seinem Pferd stehen und er erklärt Matthew an Hand der Karte die Lage der Parzellen. Viele sind schon mit eingeschlagenen Pfosten gekennzeichnet. In die Pfosten sind mit Brandeisen Zahlen eingebrannt worden. Matthew sieht sich das gut an und versucht sich die Besonderheiten der Parzellen zu merken. Es sind jedoch so viele, dass er schnell die Übersicht verliert.

„Ich hätte noch eine zweite Karte gebraucht, damit ich mir Notizen darauf machen kann."

Clint überlegt. „Ich habe noch eine zweite Karte im Büro. Das Problem ist nur, dass ich die Zeichnungen mühsam mit Hand kopieren müsste."

„Ja, das ist mir klar, oder ich mache es so", Matthew hat eine Idee, „ich notiere mir nur die Nummer der Parzelle und mache mir Notizen dazu."

Er nickt dann zu sich selbst, „ja, das ist gut", er zieht ein Notizbuch aus der Satteltasche und fängt gleich damit an.

Der Tag vergeht schnell. Mittags machen sie eine ausgiebige Pause, sie finden genügend trockenes Holz und braten sich den Speck in der mitgenommenen Pfanne. In derselben Pfanne rösten sie einige Kaffeebohnen und bereiten sich damit einen heißen Kaffee.

Es ist bald Nachmittag, die beiden Reiter sind schon auf dem Rückweg, sie reiten in der Nähe des Brazos River entlang und genießen den Blick auf den Fluss. Er glitzert in der Sonne, ab und zu spritzt etwas Gischt an einem Felsen hoch. Matthews Blick fällt auf ein kleines Haus, das ein paar hundert Yards entfernt in der Nähe des Flusses liegt.

„Was ist das denn?", fragt er Clint.

„Nach meiner Information ist das ein Haus, das sich Breckinridge mal hat bauen lassen, es ist unbewohnt."

„Lass es uns doch mal ansehen", sagt Matthew, neugierig geworden, er wendet sein Pferd.

Das Haus liegt in einem großen Bogen des Flusses auf einer kleinen Anhöhe. Die Männer steigen ab und gehen zur Tür. Sie hat kein Schloss und sie treten ein. Matthew sieht sich um, das Haus mag vielleicht fünf Jahre alt sein und ist in einem guten Zustand. Die Räume sind alle leer, es gibt, unter anderem, einen großen Raum mit einem Kamin mit Blick auf den Fluss. Außerdem sind dort noch zwei weitere Räume, einer davon war wohl als Schlafraum gedacht. In dem anderen steht ein Herd, dieser Raum ließe sich gut als Küche verwenden.

Matthew ist verblüfft. „Das ist ein schönes Haus, leider etwas abgelegen."

„Dafür ist die Lage phantastisch. Ich habe übrigens entlang des Flusses eine Straße vorgesehen. Wenn die gebaut werden sollte, wird es nicht mehr so einsam bleiben."

Das Büchlein von Matthew ist am Ende des Tages fast voll mit seinen Notizen. Etwas erschöpft kommen sie auf der Ranch an. Sie nehmen den Pferden das Gepäck ab und führen sie in den Stall, um sie zu versorgen. Inzwischen ist das Abendessen für die Reiter der Ranch fertig und sie schließen sich den Männern an. Der Weidebetrieb läuft weiter wie früher, als William Breckinridge noch am Leben war. Der stellvertretende Leiter der Ranch, Jeremy Irons, macht einen guten Job. Es werden jedoch mehr Rinder verkauft als für die Nachzucht vorgesehen werden, so soll der Rinderbestand verringert werden, der verbleibende Rest steht gegebenenfalls Siedlern zur Verfügung.

Nach dem Abendessen sucht Matthew Jeremy Irons auf und nimmt ihn sich beiseite. „Sag mal, Jeremy, du bist doch sicher eine ganze Weile bei dem alten Breckinridge beschäftigt gewesen?"

„Ja, das ist richtig, es wären dieses Jahr acht Jahre geworden. Warum fragst du?"

Unten am Brazos River steht ein kleines Haus, weißt du etwas darüber?"

Der alte Weidereiter denkt nach und fängt langsam an zu erzählen. „Es ist einige Jahre her, da hatte William Breckinridge sich schon einmal verheiraten wollen. Für seine Zukünftige hatte er das Haus als Zweitwohnung bauen lassen, damit sie vom Betrieb auf der Ranch nicht so viel mitbekommt, sie sollte die Natur genießen."

Matthew ist erstaunt. „Und warum ist nichts daraus geworden?"

„Das war eine traurige Geschichte damals. William Breckinridge hatte vor Jahren in Portland eine Frau kennen- und lieben gelernt. Sie wollten heiraten und seine Braut sollte mit einem Treck hierher kommen. Dieser Treck ist jedoch nie angekommen. Ein Indianerüberfall irgendwo in der Nähe der Grenze zwischen Idaho und Wyoming hat ihn vollständig ausgelöscht."

Der Reiter verstummt, das Schicksal von Willam Breckinridge hat ihn nicht unberührt gelassen. Er fügt noch hinzu: „So wie ich das sehe, ist der Breckinridge danach sehr komisch geworden. Sein einziges Streben war nur noch mehr Macht und mehr Geld. Das Haus hat er seitdem niemals wieder betreten."

Jeremy sagt nichts mehr, auch Matthew sieht betroffen zu Boden. Das hatte er nicht erwartet. Zum Abschluss fragt er noch den alten Weidereiter: „Gibt es noch irgendwelche Pläne mit dem Haus?"

„So weit wie ich weiß, nicht. Es gehört zum Gesamtnachlass von Breckinridge und gehört deshalb dem Ehepaar Callaghan."

In den nächsten Tagen hat Matthew mit Clint zusammen von morgens bis abends zu tun. Matthew und ein weiterer Reiter der Ranch helfen beim Einmessen der Parzellen. Sie müssen viel herumreiten und die Messstäbe halten, während Clint durch seinen Theodoliten sieht und lange Zahlenkolonnen aufschreibt. Ab und zu scheucht Clint die beiden durch die Gegend und sie müssen nach seinen Anweisungen neue Markierungspfähle eingraben.

So vergeht mehr als eine Woche, Matthew gefällt die Arbeit an der frischen Luft sehr gut. Er hat sich daran gewöhnt, den ganzen Tag im Sattel zu sitzen.

Eines Tages erscheint Mickey, um sich über den Fortschritt der Parzellierung zu informieren. Die drei Männer begrüßen sich herzlich. Mickey fragt Matthew mit einem Grinsen im Gesicht: „Wie gefällt dir die Arbeit hier draußen, verglichen mit deinem alten Job in verräucherten Saloons?"

„Es gefällt mir viel besser, als ich am Anfang gedacht hatte. Vielleicht sattle ich um zum Landvermesser."

Alle lachen und klopfen Matthew auf die Schulter. „Willkommen bei den Weidereitern!", rufen sie.

Mickey lässt sich von Clint Wagner seine Vorschläge für die Lage der geplanten Straßen erklären.

„Denke bitte auch über die Lage einer Bahnlinie nach", sagt Mickey, „die letzte Entscheidung haben die Ingenieure der Bahn. Wenn wir fundierte Vorschläge machen, können wir den Verlauf der Bahntrasse sicher beeinflussen."

Clint nickt, „ich werde mal mit den Reitern sprechen, die hier schon länger leben. Diese Leute wissen meistens sehr gut, wo die besten Wege sind."

Am Nachmittag reitet Matthew mit Mickey zusammen nach Gillette zurück. Sie reiten nebeneinander her, dann bemerkt Mickey: „Ich mache mir Sorgen wegen des heran-

71

nahenden Winters. Wir haben jetzt Oktober, wenn wir Pech haben, liegt nächsten Monat schon Schnee."

Matthew denkt einen Augenblick nach. „Ich habe mir das auch schon gedacht. Es werden in den nächsten Tagen und Wochen noch viele kommen. Gibt es eigentlich die Möglichkeit, denjenigen, die nicht in ihrem Wagen überwintern wollen oder können, eine Unterkunft zur Verfügung zu stellen?"

„In Gillette stehen etliche Gebäude leer, die nach der Erschöpfung der Silberminen zurückgelassen worden sind, da sollte sich etwas machen lassen. Alles ist besser, als im Winter draußen zu leben."

Matthew nickt. Beide hängen ihren Gedanken nach. Dann sagt Mickey unvermittelt: „Ach, übrigens, unser Schmied ist vor ein paar Tagen zum Bürgermeister gewählt worden."

Matthew strahlt. „Da hat man endlich mal den Richtigen gewählt! Er wird unseren Ort weiter voranbringen, er ist genau der richtige Mann für den Job."

„Das sehe ich auch so. Ich werde morgen mit ihm sprechen. Wir werden eine Art Liste der leer stehenden Gebäude anfertigen, Anzahl der Zimmer, notwendige Reparaturen und so etwas. Und wo ich dabei bin: Ben Nolan ist schon dabei, seinem General Store einen Hardware Store anzugliedern. Er rechnet zum Beispiel mit einem starken Verkauf für Stacheldraht."

Matthew lacht. „Da hat er sicher Recht, denn so mancher Siedler wird seine Parzelle einzäunen wollen."

„Ja, und was die sonst noch alles brauchen, Pflug, Saatgut, Küchengeschirr, Werkzeug, und, und, und."

Mickey nickt, trotzdem wiegelt er Matthews Euphorie ab. „Das Problem ist das Geld. Fast alle Siedler sind bettelarm, wenn sie hier ankommen. Sie haben in der Regel nur das, was sie bei sich haben. Geld zum Bezahlen der Parzellen werden die wenigsten haben."

„Was können wir dann machen?"

„Ich habe mit der Bank gesprochen. Sie werden großzügig Kredite und Hypotheken vergeben. Sobald ein plausibler Plan vorliegt, aus dem eine Rendite der Parzelle zu erkennen ist, wird eine Hypothek gewährt. Und wenn der Gewinn nicht innerhalb von zwei Jahren eintritt, muss die Parzelle an die Bank abgegeben werden."

„Das scheint mir wirklich großzügig zu sein. Das sollte wohl nahezu jedem gelingen."

Mickey nickt zur Bestätigung.

Am Postweg trennen sich die beiden Freunde. Matthew wendet sich nach Gillette, während Mickey es nicht abwarten kann, zu seiner Frau zu reiten. Er ruft Matthew zu: „Ich komme spätestens übermorgen wieder in die Stadt. Bis bald!"

Am nächsten Morgen ist es wolkig. Es weht ein Wind aus Süden, so dass es wieder ziemlich warm geworden ist. Matthew sitzt in seinem Büro und überträgt seine Notizen in den Übersichtsplan mit den Parzellen. Der Indianer »Junger Falke« tritt in die Tür. "Mister Richmond, Sie müssen kommen und sehen. Siedler kommen!"

Matthew springt so rasch auf, dass der Stuhl umfällt und läuft hinter dem Indianer zur Tür hinaus. Er sieht drei Planwagen auf der Straße heran rollen. Einige Passanten laufen auf die Straße und sehen den Wagen zu, wie sie im Schritttempo in die Stadt fahren. Es sind drei große, teilweise mit Maultieren und teilweise mit Pferden bespannt. Jede Menge Gerätschaften sind außen angebunden, Töpfe, Pfannen, Stühle. Sie wirken völlig überladen.

Matthew freut sich. Jetzt hat es endlich geklappt! Er winkt dem ersten Wagen zu, um ihn zum Halten zu veranlassen. Auf dem Kutschbock sitzen ein Mann und eine Frau, dahinter kann man die Gesichter von mehreren Kindern erkennen. Hinten am Wagen sind zwei Rinder angebunden. Der Fahrer springt vom Wagen, hilft dann seiner Frau abzusteigen und kommt auf Matthew zu. Über dessen Kopf prangt ein großes Schild, er hat es selbst vor ein paar Wochen angefertigt. »Gillette Land Society« steht dort in großen roten Buchstaben auf weißem Untergrund. Die Tafel hat er aus Holz angefertigt und dann angemalt. Es ist schön groß, damit die Siedler es schon von weitem sehen können.

Matthew begrüßt das Ehepaar. „Willkommen in Gillette. Ich begrüße Sie als erste Siedler, kommen Sie herein!"

Das Ehepaar sieht sehr mitgenommen aus. Die Kleidung ist schmutzig und hat bei beiden einige Schäden. Sie lächeln zaghaft und stellen sich vor. „Wir sind Jack und Vivien Heyworth. Unsere letzte Station war Santa Fe in Kansas."

„Es freut mich, dass Sie hier sind. Als erste Siedler haben Sie das Vergnügen, sich das beste Stück Land aussuchen zu dürfen."

Matthew wirft einen Blick aus dem Fenster. „Warten wir doch einen Moment, bis Ihre Reisegefährten auch hereingekommen sind."

Die Tür ist noch offen und die Führer der beiden anderen Wagen treten ein. Es sind ein weiteres Ehepaar und ein einzelner Mann, dem ein magerer Hund folgt. Der Mann sagt: „Meine Frau kann leider nicht hereinkommen, sie ist krank und liegt hinten im Wagen."

„Oh, das tut mir leid", sagt Matthew. „Soll ich sofort nach dem Arzt schicken lassen?"

Ein Leuchten geht über das Gesicht des Mannes. „Das wäre wirklich außerordentlich freundlich von Ihnen."

Matthew ruft nach dem Jungen Falken und nach einem kurzen Hinweis geht der Indianer rasch fort, um den Arzt zu benachrichtigen.

Die Siedler nehmen auf den Stühlen Platz und Matthew beginnt zu erklären. Er gibt einen kurzen Überblick der

Parzellen auf der Karte und erläutert die Verkaufsbedingungen, die nur zum Teil bekannt sind. „Ich schlage vor, dass Sie für heute in der Stadt oder vor der Stadt übernachten. Sie können Vorräte und Wasser auffüllen, wenn Sie mögen. Unser Kaufmann hält reichlich Lebensmittel bereit, die er an die neuen Siedler zu einem sehr günstigen Preis abgeben will. Und morgen - morgen werden Sie mit mir zu Ihrem neuen Stück Land fahren." Matthew sieht seine ersten Kunden aufmerksam an. „Irgendwelche Fragen?"

„Wie sieht es mit Indianern aus, hat es in der letzten Zeit Probleme gegeben?", fragt Jack Heyworth.

„Da kann ich Sie beruhigen. Die letzten Kämpfe mit den Indianern in Wyoming liegen jetzt dreizehn Jahre zurück. Und diese Kämpfe waren im Norden von Wyoming, während wir uns am südlichen Ende befinden. Das kann natürlich keine Garantie sein, ich denke jedoch, dass Sie hier bei uns relativ sicher sind."

„Wie ist es mit Krediten? Die wenigsten von uns werden ausreichend eigenes Geld haben."

„Das habe ich Ihnen schon angedeutet. Die Gewährung von Krediten und Hypotheken wird kein Problem sein. Wenn Sie sich einen Moment gedulden, kann ich einen Kollegen von der Bank nebenan bitten, zu uns zu kommen und die Kreditbedingungen zu erläutern."

Der Frager winkt ab. „Vielen Dank. Uns genügt im Moment Ihre Zusage, dass man uns finanziell entgegenkommen wird."

Es kommen zwei Kinder hereingelaufen, sie sehen sich um und gehen zu dem Ehepaar, das zuerst angekommen ist.

„Wo bleibt ihr denn so lange, wir wollen jetzt zu unserem neuen Land!"

„Ihr müsst euch noch etwas gedulden, wir fahren morgen hin, heute ist es zu spät dafür."

Der Vater dreht sich zu den anderen Siedlern um und erklärt: „Wisst ihr, wir haben unseren Kindern jeden Tag erläutern müssen, warum wir wieder so lange unterwegs sind. Und nun können sie es nicht mehr abwarten."

Die anderen Siedler nicken. „Ja, das können wir gut verstehen", sagt jemand.

Plötzlich schreien die Kinder. „Da! Da draußen ist ein Indianer!"

Es ist der Junge Falke, der gerade mit dem Arzt zurückkommt. Matthew beruhigt die Kinder und auch die Erwachsenen. „Das ist ein Indianer, der seit einigen Jahren bei uns im Ort lebt, weil er von seinem Stamm ausgestoßen worden ist. Er heißt Junger Falke und ist völlig ungefährlich."

Matthew und die Neuankömmlinge verlassen das Büro - die Kinder drücken sich an ihre Mutter und schauen den Jungen Falken ängstlich an. Dann gehen sie zu ihren Wagen. Auf der Straße steht John Clarkdale. Er hat eine große Kamera auf einem Stativ aufgebaut und ist gerade dabei, die ersten Siedler zu fotografieren. Der Arzt kommt ihnen entgegen und ruft den Mann zu sich, dessen kranke Frau er gerade untersucht hat. „Ihre Frau hat Lungenentzündung. Sie muss unbedingt einen warmen und trockenen Platz bekommen und kann auf keinen Fall weiter im Wagen liegen bleiben."

Der Mann ist beunruhigt und dreht sich zu Matthew um. „Können Sie mir helfen, eine Übernachtung für meine Frau aufzutreiben?"

Matthew hat es schon kommen sehen und zerbricht sich den Kopf. Es scheint ihm sinnvoll zu sein, sich für ähnliche Fälle in der Zukunft vorzubereiten. Er antwortet: „Das kriegen wir heute noch hin, versprochen. Ich muss nur mit ein paar Leuten sprechen. Warten Sie bitte einen Moment."

Er eilt zur Schmiede, um mit Peter O'Connell, dem neu gewählten Bürgermeister, zu sprechen. Die Nachricht, dass die ersten Siedler angekommen sind, ist jetzt auch bis zur Schmiede gedrungen und Peter kommt ihm bereits entgegen. Matthew tritt zu ihm und sagt:

„Peter, wir brauchen eine warme Unterkunft für eine kranke Frau. Und so wie ich das einschätze, wird das kein Einzelfall bleiben."

Der Bürgermeister nickt. „Mickey war schon bei mir und hat mich gebeten, die unbewohnten Häuser zu untersuchen und aufzulisten. Wir sind damit noch nicht ganz fertig, für diesen Fall ist sicher etwas dabei." Er überlegt einen Moment. „Gleich hier in der ersten Nebenstraße wohnt die Witwe Barrymore. Sie hat ein großes Haus mit mehreren Zimmern, die alle über Ofenheizung verfügen. Sie hat sich auch schon bereit erklärt, Siedler für eine Übergangszeit aufzunehmen." Er schüttelt den Kopf. „Die arme Frau Barrymore, das war einmal eine große Familie, ich glaube, es waren neun oder zehn Kinder. Und dann sterben der Mann und acht von den Kindern innerhalb von drei Monaten an der Cholera."

„Oh Gott!", entfährt es Matthew, „das ist doch schon eine Weile her, oder?"

„Ja, ich glaube so etwa sieben oder acht Jahre. Ich weiß das auch nur von meinem Vorgänger."

Die Planwagen fahren schwankend an, der Wagen mit der kranken Frau fährt bis vor das Haus der Witwe Barrymore und der Mann bringt dann mit Hilfe eines der anderen Siedler seine Frau in das Haus. Der Arzt nimmt den Mann der kranken Frau beiseite und spricht mit ihm: „Außer guter und nahrhafter Kost, Wärme und Ruhe habe ich keine weiteren Möglichkeiten, Ihre Frau zu behandeln. Ich schlage deshalb vor, dass sich unser Indianer Ihre Frau mal ansieht."

Der Siedler macht ein entsetztes Gesicht. „Ein Indianer?"
Der Arzt beruhigt ihn. „Der Junge Falke ist sehr beliebt
bei den Viehbesitzern hier im Tal. Er versteht eine Menge
von Naturheilkunde und kennt jedes Kraut, mehr als ich
auf jeden Fall."
„Hm, meinetwegen. Ich werde besser dabei sein, damit sie
mit dem Wilden nicht alleine ist."
Der Arzt schmunzelt. „Sie werden sehen, so wild ist unser
Junger Falke nicht. Wir werden ihn demnächst wohl in
»Alter Falke« umbenennen müssen, er bekommt schon
graue Haare."

Am nächsten Vormittag kommen wieder zwei Wagen mit
Siedlern in den Ort. Matthew hat gut zu tun. Er gibt den
Siedlern wieder eine Einführung und bittet sie dann, sich
zu den anderen Siedlern zu gesellen, damit sie gemeinsam
zu ihrem neuen Land fahren können. Er überlegt, wie er
sich den Tag einteilt. Er hat jetzt noch keine Vertretung
für sich. Und wenn er nachher die Siedler bis zur ehemaligen Ranch des Breckinridge bringt, ist er bis zum Abend
fort. Er sitzt im Büro und aktualisiert seine Karte, da geht
die Tür auf und Mickey kommt herein.
Sie begrüßen sich herzlich, dann sagt Mickey zu seinem
Freund: „Ich habe gehört, du hast jetzt gut zu tun?"
„Ja, das ist wahr. Das ist auch gut so. Und wo du das sagst,
ich habe ein kleines Problem."
Mickey sieht ihn fragend an und Matthew fährt fort: „Ich
wollte nachher die Siedler zu ihren Parzellen begleiten und
kann daher erst zum Abend zurücksein. Kannst Du - oder
jemand anderes - dieses Büro besetzen, bis ich wieder zurück bin?"
„Klar, das geht ganz sicher. Ich überlege nur, ob du für die
nächste Zeit eine Hilfe gebrauchen könntest. Am besten
jemanden, der mit unserem neumodischen Telegrafenapparat umgehen kann."

„Das wäre allerdings gut. Dann kann ich mich mehr um die Außenarbeit kümmern."

„Wenn du noch einen Moment hierbleiben kannst, ich werde kurz zu John Clarkdale gehen, damit er eine entsprechende Anzeige in Cheyenne und Laramie veröffentlichen lässt."

„Kein Problem, das dauert hier ohnehin noch einige Zeit."

Eine halbe Stunde später kommt Mickey zurück. „So, das wär geschafft. John lässt ein Telegramm von der Poststation zu anderen Zeitungen schicken. Ich hoffe, dass wir das Problem dann bald gelöst haben." Er macht eine Pause und fügt dann hinzu: „Ich bin sicher, dass wir von dieser modernen Technik in Zukunft noch viel mehr Gebrauch machen werden, ob wir wollen, oder nicht!"

Matthew ist mit den Siedlern zu ihrem Land unterwegs. Er wird sie dort zu ihren Parzellen führen und eine Einweisung vor Ort geben. Mit seiner Rückkehr rechnet Mickey nicht vor dem Abend. In diesem Moment kommt die Postkutsche vorbeigefahren. Mickey ist neugierig und tritt auf die Straße. Jetzt ist nichts zu tun und er hat sich ohnehin überlegt, zu Peter O'Connell zu gehen und sich mit ihm zu unterhalten. Die Postkutsche scheint schwer beladen zu sein. Das gesamte Dach ist mit Gepäck bis zum Äußersten beladen. Der Weg zur Schmiede führt ihn an der Poststation vorbei. Mickey bleibt einen Moment stehen und sieht dem Betrieb zu. Der Kutscher klettert gerade vom Kutschbock auf das Dach und beginnt, das Gepäck loszubinden. Die Passagiere steigen aus und einer von Ihnen steigt auf den Kutschbock, um dem Kutscher die Ladung abzunehmen. Mickey tritt auch an die Kutsche und hilft seinerseits mit, die Kisten und Koffer auf den Bürgersteig zu stellen.

Aus der Kutsche steigen drei Männer und eine Frau aus, die alle drei hierher nach Gillette möchten.

Der eine der drei Männer, ein untersetzter, blonder Mann, erzählt: Sie wären alle aus Cheyenne und würden hier gerne Arbeit finden. Er wäre von Ben Nolan, dem Manager des General Store eingeladen worden und seine beiden Mitreisenden sind mutig mitgekommen. Sie hoffen, in diesem Ort auch eine Stellung zu bekommen.

Mickey gibt ihnen Recht. „Das haben Sie gut gemacht, meine Herren. Wir haben jetzt einen stark zunehmenden Bedarf an Arbeitskräften und können jede Hand gebrauchen. Wenn Sie hier im Ort nichts Passendes finden, melden Sie sich bei mir - das heißt im Büro der Gillette Land Society - oder beim Bürgermeister in der Schmiede. Dass es in der Stadt keine Arbeit für Sie gibt, glaube ich jedoch kaum, sollte es dennoch der Fall sein, habe ich an anderer Stelle auf jeden Fall etwas für Sie."

Joan Carter

Dann wendet Mickey sich dem vierten Passagier zu. Es ist eine Frau, die schüchtern im Hintergrund steht. Sie ist etwa dreißig, hat ihr blondes Haar zu einem Zopf geflochten, der um den Kopf herumführt. Sie ist schlank und hübsch.

„Meine Dame, was kann ich für Sie tun?"

Sie lächelt ihn an und sagt: „Ich brauche Hilfe bei meinem Gepäck. Mir gehören die beiden Kisten dort", sie zeigt auf zwei große Kisten, „und die Tasche."

„Und wo möchten Sie damit hin?"

„Kennen Sie einen Matthew Richmond?"

„Ja, sehr gut. Das ist ein Freund von mir. Er ist bis heute Abend mit den Siedlern unterwegs, um ihnen ihr neues Land zu zeigen."

„Oh, das ist schade." Sie sieht sich unentschlossen und ein bisschen hilflos um.

Mickey fragt deshalb besorgt: „Wissen Sie schon, wo Sie wohnen werden?"

„Bis jetzt nicht. Ich hatte gehofft, dass Matthew Richmond mir hätte weiterhelfen können."

„Das kriegen wir schon hin. Ich bringe Sie zuerst ins Boarding House, denn ein Hotel haben wir hier - bis jetzt jedenfalls - noch nicht. Matthew hätte auch nichts anderes machen können."

Mickey fasst die Kisten an. „Oh, da haben Sie allerhand drin. Munition?"

Die Schöne lacht. Ein süßes Lachen, wie er findet. Es ist kein Wunder, dass Matthew Gefallen an ihr gefunden hat. Dann wird sie wieder ernst. „Nein, das ist alles, was ich besitze. Ich habe in Cheyenne alles zurückgelassen."

Mickey sieht sie forschend an. „Das ist sehr mutig von Ihnen", antwortet er ehrlich erstaunt.

„Wenn Matthew ihr Freund ist, dann wissen Sie wahrscheinlich über mich Bescheid", sagt sie dann.

„Ja, das ist richtig. Matthew hat mir viel von Ihnen erzählt. Ach, übrigens, ich bin Mickey Callaghan. Ihren Namen kenne ich schon."

Joan Carter, denn das ist die junge Dame, sieht zu ihm hoch. „Das war nicht schwer zu erraten. Sehr groß, stark und gut aussehend, das konnte nur sein Freund Mickey sein."

Sie gibt ihm nochmals die Hand. „Ich freue mich besonders, Sie kennenzulernen. Matthew hat mir auch von Ihnen viel erzählt."

Mickey ist etwas verlegen. „Er hat sicher übertrieben. So, wenden wir uns jetzt endlich Ihrem Gepäck zu. Ich trage die Tasche und dann gehen wir die paar Schritte zum Boarding House. Um das übrige Gepäck kümmere ich mich dann."

Mickey trägt die Tasche und Joan Carter geht hinter ihm her. In der Unterkunft angekommen, lässt Mickey der jungen Dame ein Zimmer geben und trägt dann die Tasche in den Anbau, in dem sich ein paar Gästezimmer befinden. Er erklärt der jungen Dame: „Unsere Bettenzahl ist leider begrenzt. Wegen der anderen Gäste aus der Kutsche ist dieses Haus nun bis auf ein Zimmer besetzt."

Joan Carter geht hinter ihm her und folgt ihm bis in das Zimmer. Es sind einfache Räume, praktisch nur ein Bett und ein kleiner Tisch. Die Toilette ist für alle hinter dem Haus. Dort befindet sich auch ein Badezimmer für die Gäste. Mickey stellt die Tasche ab und fragt: „Ist in den Kisten etwas, was Sie jetzt benötigen? Ich würde sie sonst nur unterstellen, weil Sie hier nur ein paar Tage bleiben können."

Joan Carter schüttelt den Kopf. „Die eine der beiden benötige ich heute noch, die andere, das ist die braune Kiste mit den Messinggriffen, die können sie irgendwo unterstellen - wenn Sie so nett sein wollen."

„Okay, ich bin gleich wieder zurück", sagt Mickey und eilt nach draußen.

Mickey geht zu dem Kaufmann, dem General Store. Der Inhaber Ben Nolan, ist ihm sehr verbunden und er hilft ihm oft mit seinem Einspänner aus. Bens Laden ist voller Leute, mehrere Siedler stehen dort und hören Ben Nolan zu.

„Ich habe Vieles von dem, was sie sofort benötigen. Für die besonderen Fälle", er hebt einen gedruckten Katalog hoch, „habe ich hier eine lange Liste von Dingen, die ich Ihnen per Post bestellen kann."

„Hallo, Ben!", unterbricht Matthew den redegewandten Kaufmann, „kann ich mir deinen Wagen mal kurz ausleihen?"

„Äh, das ist jetzt ungünstig, er ist gerade unterwegs. Genügt auch ein Handkarren?"

„Ja, natürlich, das ist sogar noch besser. Wo hast du den denn? Hinten im Lager?"

„Ja, du kennst ja den Weg. Es tut mir leid, ich habe gerade eine Menge Kundschaft."

Mickey holt sich den Karren und schiebt ihn zum Boarding House. Er denkt noch über den Kaufmann nach. Ben Nolan, der hat die Zeichen der Zeit erkannt. Sein Hardwareshop ist fast fertig, er wird ihn bald gebrauchen.

Mickey lädt eine der Kisten auf den Wagen und schiebt ihn zum Boarding House. Er geht hinein und bittet die beiden Bediensteten, die Kiste zu Joan Carter zu bringen. Dann kehrt er um und bringt die andere Kiste, die Braune mit Beschlägen aus Messing, in das Büro der Gillette Land Society. Als er drinnen gerade die Kiste in eine Ecke schiebt, kommt ein Reiter und hält vor dem Büro. Es ist Matthew, er steigt ab und kommt herein.

„Hallo, Matt! Rate mal, wer vorhin mit der Postkutsche gekommen ist!", ruft Mickey ihm zu.

Matthew sieht ihn fragend an. „Ist es eine Frau, etwa dreißig, blonde Haare?"

Mickey schmunzelt und lacht dann seinen Freund an. „Ja, sie ist es! Deine Freundin aus Cheyenne ist da."

Matthew strahlt über das ganze Gesicht und will sofort wieder raus. Mickey bremst ihn. „Einen kleinen Moment, mein Freund, setz dich mal für einen Moment."

Matthew zögert, er möchte am liebsten sofort los. Mickey fängt an, ein paar Überlegungen loszuwerden: „Sie hat alles zurückgelassen, um zu dir zu kommen."

Matthew staunt. „Das habe ich nicht so rasch erwartet, ein Besuch vielleicht, jedoch so endgültig?" Der Gedanke, hier eine Freundin zu haben, gefällt ihm jedoch gut.

Mickey erläutert das Problem, das ihn beschäftigt: „Mein Hauptproblem ist ihre Unterkunft. Sie ist jetzt im Boarding House. Das geht nur für ein paar Tage, und du hast nur ein Zimmer hinter dem Saloon."

„Ja, du hast Recht, wie so oft."

Beide Männer versinken in Gedanken. Dann fragt Matthew: „Du kennst doch bestimmt das kleine Haus, das William Breckinridge vor Jahren hat bauen lassen?"

Mickey sieht ihn an und bekommt sofort leuchtende Augen. „Ja, das kenne ich. Mensch, das ist doch perfekt für zwei Turteltauben, wie ihr es sicher sein werdet."

Dann zögert er einen Moment. „Es ist jedoch fast leer. Es steht eigentlich nur ein Herd darin - mir fällt da etwas ein. Morgen früh werde ich zu Clint Wagner reiten, dann werden wir einige Möbel aus dem Fundus von William Breckinridge nehmen und sie zu dem Haus bringen. Dann kannst du mit deinem Mädchen in ein paar Tagen nachkommen."

Matthew ist glücklich. Freundstrahlend drückt er seinem Freund die Hand. „Mickey, das kann ich nie wieder gut machen."

„Doch, du kannst", grinst Mickey. „Mache so weiter, wie in den letzten Wochen. Du bist mir eine unschätzbare Hilfe."

Und dann stürmt Matthew davon, um seine Freundin endlich zu sehen und ihr die neuesten Nachrichten mitzuteilen. Mickey sieht ihm schmunzelnd hinterher.

Matthew springt auf sein Pferd und reitet das kurze Stück zum Boarding House im Galopp. Vor dem Gasthaus steigt er ab, bindet sein Pferd schnell an und läuft hinein. Er greift sich den Jungen an der Jacke und fragt hastig: „Wo habt ihr die junge Dame untergebracht?"

„Die ist hinten, das vorletzte Zimmer im Gang."

Matthew läuft den Flur entlang und klopft an die Tür. Joan Carter öffnet und lässt ihn hinein. Sie sehen sich beide in die Augen und lächeln sich an, dann setzen sie sich in Ermangelung an Stühlen auf das Bett.

Matthew beginnt als erster. „Ich habe von Mickey gehört, dass du in Cheyenne alles hinter dir gelassen hast. Das freut mich zwar, ist der Schritt nicht ein bisschen plötzlich?"

Joan Carter fängt leise an zu weinen. „Ich habe in den letzte Wochen mehrere gewalttätige Kunden gehabt."

Sie zögert und öffnet dann die obersten Knöpfe ihrer Bluse. „Hier, sieh mal! Seit ich Dich kenne, ist mir die Arbeit, die ich mache, noch mehr zuwider, als ohnehin schon…"

Ihr Hals hat sie Würgemale und an der Schulter einige blaue Flecken. Matthew ist entsetzt. „Du Arme, du tust mir so leid. Das wird sich jetzt alles ändern."

„Gewalttätige Kunden kommen schon mal vor, Gott sei Dank nicht so häufig wie in den letzten Wochen. Da habe ich es nicht mehr ausgehalten, und ich habe meine Sachen gepackt."

Dann weint sie wieder. Matthew nimmt sie in den Arm und drückt sie an sich.

Nach einer kurzen Pause kann er seine Neuigkeit nicht mehr zurückhalten. „Was hältst du davon, in einem kleinen Häuschen hier am Fluss zu wohnen?"

„Das klingt gut, erzähle mir mehr", sagt die Frau in seinem Arm und ihre Tränen versiegen langsam. Matthew erzählt ihr noch mehr Einzelheiten von dem Haus. Er beschreibt ihr die schöne Lage am Fluss in allen Details. Joan liegt in seinen Armen und hört ihm andächtig zu.

„Das Haus ist jedoch sehr abgelegen, bis jetzt jedenfalls. Kannst du es denn alleine überhaupt aushalten?"

„Das kann ich jetzt nicht sicher sagen. Nach meinen letzten Erlebnissen kann ich gut etwas Ruhe gebrauchen."

„Ich werde viel hier im Ort sein müssen, dann bist du schon mal ein paar Tage allein, das lassen wir erst mal auf uns zukommen", sagt Matthew und zieht sie noch fester an sich.

„Du kannst schon mal Pläne über die Einrichtung machen. Wir erhalten erst einmal nur das Nötigste."

Er nimmt sie bei der Hand. „Wir werden vorne in der Gaststube etwas essen. Es ist nicht so elegant wie in Cheyenne, das Essen ist dafür gut." Er fasst ihre Hand so fest, als wenn er sie nie wieder loslassen will und führt sie in den Gastraum. Trotz der frühen Zeit ist es hier schon fast voll, einige der Gäste hat Matthew noch nie gesehen. Das ist zwar schön, da mehr zu tun ist, auf der anderen Seite mag es Ärger geben, wenn ein Kunde lange warten muss.

Sie setzen sich zu zwei Fremden an den Tisch. Eine Auswahl an Gerichten ist praktisch nicht vorhanden. Es gibt nur die Wahl, beziehungsweise eine Kombination aus gebratenem Rindfleisch, Bohnen, Mais und Brot, dafür schmeckt es gut.

Matthew genießt sein Essen und sieht seiner Freundin immer wieder in die Augen. Er ist rundherum glücklich. Hoffentlich bleibt es so. Sie kennen sich nur wenig und nun kommt sie hierher, ohne dass er richtig darauf vorbereitet ist. Alles ist unfertig und provisorisch, so ist es eben im Westen. Damit etwas schön werden kann, muss es eine Weile dauern. Schließlich fragt er sie: „Was ist eigentlich aus deiner Wohnung geworden? Gehört dir etwas von der Einrichtung?"

„Die Wohnung hatte ich nur gemietet, dort wird jetzt eine Freundin von mir einziehen. Die Einrichtung gehört mir nur zum Teil. Etwas ließe sich vielleicht verwenden, das ist leider nicht viel."

Matthew überlegt. „Hm, mal sehen. Vielleicht lässt sich noch etwas im Haus des früheren Ranchers Breckinridge finden. Das müssen wir auf jeden Fall mit Mickey abklären, es ist schließlich sein Haus."

Sie unterhalten sich eine Weile, es gibt eine Menge zu erzählen. Sie kennen sich nur wenig, das müssen sie jetzt alles nachholen. Matthew verabschiedet sich schweren Herzens. „Ich komme morgen wieder. Du kannst auch direkt zum Büro kommen, in dem ich arbeite. Apropos - kannst du eigentlich lesen und schreiben?"

Joan nickt zaghaft. „Doch, ein bisschen. Ich bin bis zur fünften Klasse zur Schule gegangen. Das hat zum Lesen und Schreiben gereicht."

„Bestens", sagt Matthew, „wenn du Lust hast, kannst du mir helfen. Und wenn wenig zu tun ist, zeige ich dir unseren kleinen Ort und stelle dir ein paar Freunde vor."

„Ich würde dir gerne helfen, und deine Freunde würde ich auch gerne kennenlernen."

Sie gibt sie ihm einen Kuss auf die Wange und Matthew geht heim, in sein karges Zimmer hinter dem Saloon.

Am nächsten Morgen sitzt Matthew wieder in seinem Büro. Er arbeitet die Unterlagen von gestern auf und bereitet Kreditanträge für die Siedler vor. Die Tür geht auf und eine hübsche junge Dame kommt herein. Sie trägt ihre langen blonden Haare offen und hat eine bunt bestickte Haube darüber gebunden. Matthew steht auf und sieht sie an. „Joan!", entfährt es ihm, „du wirst mit jedem Tag hübscher."

Sie lächelt ihn an, stellt sich auf die Zehenspitzen und gibt ihm einen Kuss auf die Wange. „Vielen Dank, mein Liebling." Sie sieht sich um, „hier arbeitest du also, es sieht nach Fleiß aus", sie lacht ihn an.

„Ja, es geht so", er macht eine Pause, „wenn du dich einen Moment gedulden könntest, ich bin gleich fertig. Ich würde dir gerne den Ort zeigen."

„Das ist fein, ich warte gerne." Sie tritt vor die Wand, an der die Karte hängt, und sieht sie sich an. „Kannst du mir zeigen, wo das Haus steht, von dem du gesprochen hast?"

Matthew steht auf und kommt zu der Karte. Sie ist von Clint Wagner erstellt worden und zeigt alle bekannten Details, auch das Haus ist eingezeichnet. Er zeigt mit dem Finger auf ein Symbol. „Hier ist es, etwa fünfzig Yards vom Fluss entfernt."

„Oh, das klingt sehr hübsch. Und du sagst, da ist es einsam?"

„Die nächste Parzelle ist hier", Matthew zeigt auf den Plan, „und hier ist eine Weitere."

„Und was bedeutet die gestrichelte Linie hier?", fragt Joan Carter.

„Das ist ein Vorschlag von unserem Landvermesser. Da könnte später einmal eine Straße entstehen."

„Na, siehst du. Dann bleibt es nicht so abgelegen." Sie dreht sich zu Matt um. „Lass uns jetzt gehen, ich bin auf deine Freunde gespannt."

Matt tritt aus der Tür mit Joan Carter an der Hand. Er zeigt ihr die Bank, dann seinen alten Arbeitsplatz, den »Cattlemens Palace«. Joan Carter ist erstaunt. „Du hast mal als Spieler in einem Saloon gearbeitet? Davon hast du mir nicht erzählt."

„Ach, so wichtig war das nicht. Und besonders rühmlich war es auch nicht."

Joan Carter knufft ihn in die Seite. „Ich habe dir alles von mir erzählt. Und ich kann wahrlich nicht stolz auf meine Vergangenheit sein."

Der nächste Weg führt die beiden zum General Store. Stolz führt Matthew sein Mädchen vor. „Mein lieber Ben, das ist meine Freundin Joan Carter. Ich habe sie in Cheyenne kennengelernt."

Ben Nolan drückt ihr die Hand. „Madam, Sie sind jederzeit in unserem Geschäft willkommen. Ich wünsche Ihnen viel Freude in unserem kleinen Ort." Er wendet sich wieder einem Kunden zu, der schon wieder nicht der Einzige ist.

Matthew führt Joan Carter weiter die Straße entlang, er sieht durch das Fenster des Gillette Mirror. John Clarkdale sitzt an seinem Schreibtisch, Matthew führt Joan in das kleine Büro und stellt seine Freundin dem Redakteur vor. Dieser gibt ihr die Hand. „Willkommen in Gillette. Und falls Sie Arbeit brauchen - eine tüchtige und hübsche Schreibkraft kann ich jetzt gut gebrauchen." Er lacht Joan Carter an.

Matthew grinst ihn an. „Das sage ich Helen, deiner Frau, dass du mit meiner Freundin schäkerst."

John Clarkdale lacht und sagt dann: „Jetzt ehrlich. Ich habe so viele Neuigkeiten, dass ich plane, meine Zeitung mit mehr Seiten zu versehen. Das wird mehr Arbeit machen, leider kann ich das nicht mehr alleine schaffen."

Die letzte Station in Matthews Runde ist die Schmiede. „Darf ich dir unseren Bürgermeister vorstellen?"

Rußgeschwärzt und mit schmutzigem Lederschurz steht der massige Schmied vor der kleinen Frau. „Meine Hand möchte ich Ihnen nicht geben. Ich freue mich, Sie kennenzulernen." Er wendet sich an Matthew. „Meinen Glückwunsch zu deiner Freundin. Sie ist ein echter Hingucker." Er lacht mit seinem tiefen Bass und klopft Matthew auf die Schulter, dass dieser fast ins Straucheln kommt. Er erkundigt sich bei Matthew: „Was machen denn unsere Siedler? Haben sie schon irgendetwas über unsere Organisation gesagt?"

„Ich glaube, sie sind sehr zufrieden. Bisher habe ich nichts Negatives gehört." Matthew greift nach Joans Hand. „Ich muss leider wieder in mein Büro zurück", und zu Peter O`Connell gewandt: „Du solltest vielleicht zur Breckinridge Ranch kommen und mit den Siedlern selbst sprechen. Das würde, glaube ich, auch einen guten Eindruck machen."

„Gute Idee! Ich komme in den nächsten Tagen!", ruft Peter O'Connell den beiden noch zu.

Matthew und Joan gehen zurück zum Büro der Gillette Land Society, sie sehen am Ende der Straße zwei Planwagen kommen. Matthew beschleunigt seine Schritte und zieht Joan mit sich.
Die Siedler sind zwei Familien mit Kindern. Matthew gibt eine Einführung wie auch schon gestern. Die Siedler werden gebeten, sich am Ortsrand zu sammeln, um morgen von Matthew zu ihrem Stück Land geführt zu werden. Joan Carter erklärt sich spontan bereit, in der Zeit das Büro zu besetzen, falls während Matthews Abwesenheit noch weitere Siedler kommen sollten. Matthew ist glücklich, denn Joan Carter hat sich bisher als sehr patent erwiesen und ist bei seinen Freunden mit Freude angenommen worden.

Peter O'Connell nimmt sich den Vorschlag von Matthew, die Siedler in seiner Funktion als Bürgermeister zu besuchen, zu Herzen. Schon am nächsten Tag schließt er seine Schmiede und sattelt sein Pferd. Sein Gaul ist ein großer, starker Kaltblütler. Er ist nicht zum flotten Galoppieren geeignet, dafür hat er keine Schwierigkeiten, den großen und kräftigen Schmied zu tragen. Peter O'Connell hat jetzt etwas besseres Zeug an, als in der Schmiede üblich. Er reitet los, sein erstes Ziel ist das Haupthaus der früheren Breckinridge Ranch. Clint Wagner ist gerade mit zwei Gehilfen unterwegs und wird nicht so bald zurück erwartet. Zwei der anderen Männer aus dem Haus können ihm weiterhelfen. Der Bürgermeister erkundigt sich nach den verkauften und belegten Parzellen, um keinen unnötigen Weg einzuschlagen.

Er notiert sich die Nummern der Parzellen und reitet fort. Ein paar Meilen weiter erreicht er die ersten Siedler. Zwei benachbarte Farmer haben ihre Wagen an der gemeinsamen Grenze nebeneinander gestellt. Die Frauen und die Kinder sind im Wagen, die beiden Frauen bereiten gerade Essen vor, ihre Männer haben sich einen der beiden Pflüge von der Breckinridge Ranch ausgeliehen und sind dabei, ihr Land gemeinsam zu pflügen. In der Ferne kann Matthew die beiden Männer sehen und winkt ihnen zu. So wie es scheint, wollen die Männer die Reihe zu Ende pflügen und dann erst zu ihren Wagen kommen. So spricht Peter O'Connell mit den Frauen, beide sind unendlich froh, dass die lange Reise jetzt ein Ende gefunden hat.

„Ja, das war schlimm", hört er, „wir waren kurz davor aufzugeben. Jetzt hoffen wir alle sehr, dass der Verkauf des Getreides im nächsten Jahr genug abwirft, damit wir den Kredit zurückzahlen können."

„Und wir müssen uns ein Haus bauen!", wirft die andere Frau ein. Wir können uns ein Haus aus Grassoden errichten. Wir haben gehört, dass es im Frühjahr günstiges Bauholz geben soll, deshalb fangen wir nicht mehr mit einer Zwischenlösung an."

Die Kinder laufen um den Wagen und spielen Haschen. Peter O'Connell schmunzelt, als er den beiden Jungen zusieht. „Was sagt ihr denn zu eurem neuen Zuhause?", ruft er ihnen zu. Sie bleiben stehen und sehen den Bürgermeister nur an. Dann ruft einer: „Prima!" Sie laufen wieder weiter um die Wette.

Die Männer mit dem Pflug kommen jetzt zurück, als sie auf der Höhe der Wagen sind, lassen sie den Pflug stehen und treten zu ihren Frauen. Peter O'Connell begrüßt sie in seiner Funktion als Bürgermeister und fragt sie nach ihrer Meinung zu dem Land und nach besonderen Wünsche an die Gemeinde.

Die Männer sind mit dem Land ganz zufrieden. Etwas mehr Wasser, wäre gut, sagt der eine. Der Bürgermeister weist darauf hin, dass der Fluss im Frühjahr etwas aufgestaut werden soll, um die Bewässerung zu erleichtern.

„Das größte Problem, das ich jetzt sehe, ist der kommende Winter. Im Frühjahr werden wir dann schon zurechtkommen", sagt der eine der beiden.

Peter O'Connell verabschiedet sich, um noch weitere Siedler aufzusuchen. Spät am Abend hat er sich einen umfassenden Eindruck verschafft. Die Siedler sind mit dem Land zufrieden und glücklich, ein Zuhause gefunden zu haben. Der aufkommende Winter bereitet allen die größten Sorgen. Als Bürgermeister will er sich deshalb nach Unterkünften für Härtefälle umsehen.

Die Postkutsche kommt wieder wie jeden Tag und hält vor dem Boarding House. Diesmal sind es drei Gäste, die aussteigen. Einer ist wie ein Weidereiter angezogen. Er hat einen kleinen Sack bei sich und verschwindet in Richtung Schmiede. Die beiden anderen tragen eine Stoffjacke und sehen wie Geschäftsleute aus. Unter der Jacke tragen beide einen Gurt mit Revolver im Holster. Während der Kutscher ihr Gepäck auf den Bürgersteig stellt, mustern sie die Straße und die Häuser und reden leise miteinander. Schließlich nehmen sie ihr Gepäck und betreten das Boarding House.

Am Morgen darauf betritt Joan Carter das Büro. Sie hat ihre langen Haare zu einem Zopf geflochten und sich einen dezenten Rock mit einer dunklen Jacke angezogen. Matthew freut sich sehr, sie zu sehen und es gibt für ihn wieder einen Kuss auf die Wange. Dann fragt er sie schelmisch: „Du hast ja für jeden Tag etwas anderes anzuziehen. Dein ganzer Besitz scheint nur aus Kleidern zu bestehen!"

„Das ist nicht zum Lachen. Kleider waren für mich wichtig, damit ich immer attraktiv aussah. Und die habe ich alle mitgenommen."

Matthew ist etwas verlegen. „Entschuldige bitte, ich wollte Dich nicht kränken." Er gibt seiner Liebsten ein Küsschen, geht hinaus, steigt auf sein Pferd und reitet zu den Siedlern am Ortsrand. Joan Carter sieht ihm nach und winkt zum Abschied. Matthew und sie werden noch viel Zeit brauchen, um einander kennenzulernen. Er wird erst am Abend zurück erwartet, da er sich das Haus am Fluss noch ansehen und eventuell noch aufräumen, beziehungsweise einräumen will.

Joan Carter geht in das Büro zurück. Sie sieht sich die Eintragungen von Matthew an und überträgt die Daten der Siedler in eine Liste. Eine Liste mit Namen der Siedler, Nummer der Parzelle, Anzahl der Personen, Kaufbetrag bezahlt beziehungsweise Kreditantrag gestellt und so fort.

Die Tür wird geöffnet und zwei Männer betreten das Büro. Es sind die beiden Gentlemen, die gestern Nachmittag mit der Postkutsche angekommen sind. Joan Carter sieht hoch und erstarrt im selben Moment.

„Wen haben wir denn da?", sagt der eine der beiden und setzt sich auf den Schreibtisch. Der andere setzt sich auf einen Stuhl und legt seine Stiefel auf den Tisch. „Wenn das nicht die süße Joan ist!"

Er legt einen Finger unter ihr Kinn, hebt es an und sieht ihr in die Augen. „Tatsächlich, sie ist es. Ich hätte dich beinahe nicht erkannt, mein süßes Miststück. Du bist ja plötzlich so bürgerlich geworden." Er lacht hämisch und sieht zu seinem Kumpel. Der lacht ebenfalls. „Da haben wir ein Riesenglück, das wir dich hier gleich getroffen haben."

Joan Carter bekommt ihre Fassung wieder zurück. Sie zieht ihren Kopf zurück. „Lass die Finger von mir, Archie! Verschwindet beide aus meinem Büro!"

„Na, na, na. Wer wird denn gleich so unfreundlich sein."
Er wendet sich zu seinem Kollegen. „Hast du gehört, Pinky, sie kennt meinen Namen noch!" Er dreht sich wieder zu Joan Carter um. „Hast du denn alle die schönen Nächte vergessen, die wir gemeinsam verbracht haben?" Er lacht laut und sieht Joan an. „Wer besorgt es dir denn jetzt, ey?"
Joan Carter ist entsetzt. Bis jetzt war alles so schön gelaufen, sie war bis eben glücklich gewesen. Sie hebt ihre Stimme: „Los, verschwindet endlich aus meinem Büro!"
„Nicht so hastig", sagt Archie, „vielleicht wollen wir auch Land kaufen. Für zweihundert Dollar ist das doch ein echtes Angebot."
„Ihr zwei habt doch noch nie gearbeitet, und gerade mit Ackerbau habt ihr doch nie etwas im Sinn gehabt!"
„Das darfst du jetzt nicht sagen. Wir haben uns doch immer sehr viel Mühe mit dir gegeben."
Beide Männer lachen laut. Joan Carter ist verzweifelt. Was kann sie denn jetzt tun? Sie ist den beiden Männern hilflos ausgeliefert. Archie fängt wieder an zu sprechen: „Wir wollen arbeiten, wirklich! Wir wollen schnell ganz viel Geld verdienen." Die Männer lachen wieder und klopfen sich gegenseitig auf die Schulter.

Die Tür geht auf, Mickey Callaghan kommt herein. Er sieht Joan Carter anstatt Matthew am Schreibtisch sitzen. „Guten Morgen, Miss Carter. Es freut mich, dass Sie uns helfen wollen."
Er sieht zu den beiden Männern hin. Sein angeborener Instinkt für Gefahr gibt sofort Alarm. Er kennt diese Art von Männern, von diesen Leuten geht immer nur Böses aus. „Guten Tag, meine Herren. Was wünschen Sie bitte?", fragt er mit Eiseskälte in der Stimme. Die beiden Gauner merken sofort, dass sie vor einem Mann stehen, mit dem nicht gut Kirschen essen ist. Sie stehen beide auf und versuchen sich ein biederes Aussehen zu geben. „Äh, wir

wollten uns nach den Verkaufsbedingungen für die Parzellen erkundigen."

„Und, haben Sie eine zufriedenstellende Auskunft erhalten?" Mickey spürt die Angst von Joan Carter, er fühlt deutlich, dass hier etwas nicht stimmt.

„Doch, wir sind zufriedengestellt worden", sagt der eine von beiden etwas zweideutig. Beide verabschieden sich knapp und gehen hinaus. Mickey dreht sich zu Joan Carter um. „Was waren denn das für merkwürdige Typen?"

Sie sieht zu ihm hoch und ist sichtlich erleichtert. „Ich bin so froh, dass Sie gekommen sind."

Sie zögert und beginnt zu erklären, „das waren frühere Kunden von mir aus Cheyenne", sie blickt zu Boden und dann hoch in Mickeys Gesicht. „Ich weiß nicht, woher sie wissen, dass ich jetzt hier bin. Vielleicht ist es reiner Zufall"

Mickey legt ihr beruhigend die Hand auf den Arm. „Keine Sorge, mit solchen Leuten werden wir hier fertig. Ich werde die beiden Burschen im Auge behalten. Und wenn sie sich nicht benehmen, dann…," er tätschelt beide Revolver und grinst. „Matthew ist ja auch noch da. Übrigens, ich habe vorhin mit ihm Euer künftiges Haus angesehen. Er arbeitet dort seit Stunden und wird wohl erst spät zurückkommen. Und morgen – ," er lächelt sie an, „morgen werden Sie mit Matthew dorthin fahren. Ich werde für euch die Arbeit hier im Büro übernehmen, dann haben Sie beide einen freien Tag." Er sieht sie an und freut sich darüber, dass sie wieder lächelt. „Vergessen Sie die beiden Burschen." Dann fällt ihm noch etwas ein. „Können Sie eigentlich reiten? Das ist bei uns ziemlich wichtig."

Joan Carter schüttelt den Kopf. „Ich habe es nur einmal versucht und es schnell wieder aufgegeben. Ich habe auch gar keine Kleidung, die sich zum Reiten eignet."

„Hm, das werden wir auch in den Griff bekommen. Matthew würde es sicher gefallen, Ihnen das Reiten beizubringen."

Matthew kommt erst spät nach Gillette zurück. Er ist erst im Dunkeln losgeritten, nun ist es kurz vor Mitternacht. Er bringt sein Pferd in den Stall und geht zu seinem Zimmer. Am nächsten Morgen, gleich nach dem Frühstück, das er im Saloon einnimmt, führt ihn sein Weg in das Büro. Joan steht schon vor der Tür und wartet auf ihn. Sie hat sich einen Mantel angezogen und hat eine große Tasche dabei. Sie umarmen sich, dann fragt Matthew: „Worauf willst du denn hinaus?"
Joan erzählt ihm dann, dass Mickey heute die Arbeit im Büro übernehmen will, damit sie beide sich das Haus ansehen können.
„Das ist richtig schön, das freut mich riesig!" Er fasst seine Freundin um die Hüfte und wirbelt sie herum. Joan lacht und ruft: „Lass mich los, du alberner Kerl!"
In dem Moment kommt Mickey angeritten. Er steigt vom Pferd und bindet es an. Er hat den Freudentanz von Matthew mitbekommen und lacht: „Hallo, ihr Zwei! Nur einen Moment noch, dann könnt ihr los. Ich habe eben mit Peter O'Connell gesprochen und vorsorglich seinen Wagen reserviert. Da ist noch ein wichtiger Punkt, den müssen wir kurz besprechen." Sie gehen in das Büro und setzen sich.
„Hat dir Miss Carter schon von dem merkwürdigen Besuch erzählt, der uns gestern beehrt hat?"
Joan Carter wirft rasch ein: „Ich wollte Matt auf dem Weg davon berichten. Er hat sich eben so sehr gefreut, dass ich seine Freude nicht gleich wieder dämpfen wollte."
Matthew drückt ihre Hand, „ich glaube dir, mein Schatz."
Mickey bittet dann Joan Carter, Matthew von dem Vorfall zu berichten. Sie erzählt erst stockend von ihrer Bekanntschaft mit Archie Goodwin und Pinky Davis. „Ich hatte

ihnen erzählt, dass ich einen Mann kennengelernt hatte, der in Gillette lebt. Das war schon alles, Ehrenwort!"

Matthew greift wieder beruhigend nach ihrer Hand. Sie beschreibt die beiden Männer noch einmal genau, damit Matthew sie sich vorstellen kann. Joan Carter ist fast den Tränen nahe, sie sagt: „Es tut mir so leid, dass ich meine Vergangenheit nicht so einfach hinter mir lassen konnte, wirklich." Sie weint leise. Matthew nimmt sie in den Arm und tröstet sie.

„Du brauchst nicht mehr zu weinen, das renkt sich alles wieder ein.

Mickey unterbricht ihn und sagt: „Ich bin ja auch noch da. Und jetzt los mit euch beiden. Wie ich Peter kenne, steht der Wagen schon bereit."

Matthew nimmt die Tasche von Joan in die eine Hand, die andere hält seine Freundin, dann gehen sie zur Schmiede.

Matthew sieht den Beiden nach. Die arme Joan Carter, denkt er, es ist nicht leicht für sie. In Matthew hat sie den Richtigen gefunden. Ihm kommt ein Gedanke, er schließt die Tür zu dem Büro und geht das kleine Stück zum Marshall. Dieser hat es sich draußen vor seinem Office bequem gemacht, er sitzt auf einem Stuhl und raucht gemütlich eine Selbstgedrehte.

„Hallo Richie!" begrüßt Mickey ihn, „nach Verbrecherjagd sieht das nicht gerade aus."

Richard Taylor sieht ihn scheinbar empört an. "Ich habe mir die halbe Nacht wegen einer Schießerei um die Ohren hauen müssen. Und dann kommst du und machst Sprüche."

„Lass gut sein, Richie. Ich mache nur Spaß." Er macht eine Pause und fährt fort. „Ich habe eine Frage wegen zwei Männern, die hier vorgestern mit der Postkutsche aus Cheyenne angekommen sind. Ich wollte mal fragen, ob du etwas über die beiden weißt. Vielleicht hast du sogar einen Steckbrief."

97

Richard Taylor steht auf, „dann lass uns mal in mein Büro gehen." Er öffnet die Tür, geht zu seinem Schreibtisch und holt die Steckbriefe heraus. „Hier, du kannst dir diese mal ansehen. Das sind alle, die ich habe."

Mickey sieht die Steckbriefe durch. „Nein, die Männer, die ich gesehen habe, sind nicht dabei."

Er erzählt dem Marshall von dem Zusammentreffen mit den beiden in seinem Büro und beschreibt sie so sorgfältig wie möglich. Er erwähnt nicht, dass es Bekannte von Joan Carter sind, das soll möglichst niemand erfahren. Der Marshall nickt. „Du hast recht, ich erkenne solche Brüder auch mit einem Blick. Ich werde meine Augen offenhalten und sehen, ob sie etwas anstellen." Er schüttelt den Kopf und fügt hinzu: „Cheyenne ist der reinste Sündenpfuhl, davon geht nur Schlimmes aus, dagegen ist Gillette ein Unschuldsort."

Mickey ist beruhigt, weil der Marshall im Gegensatz zu ihm ständig in der Stadt ist. In dem kleinen Ort entgeht ihm kaum etwas. „Hast du schon mit dem Gemeinderat wegen einer Unterstützung gesprochen?

„Ja, das habe ich. Denen ist das Geld jedoch knapp. Man meint dort, dass sei jetzt noch zu früh."

„Das sehe ich anders", sagt Mickey, „wahrscheinlich müssen erst ein paar ins Gras beißen", sagt er düster. Er verabschiedet sich und geht zum Büro der Gillette Land Society.

Matthew und seine Freundin sitzen auf dem Wagen, den sie vom Schmied bekommen haben und fahren zur Breckinridge Ranch. Der Wagen ist kein so sportlicher Einspänner wie der vom Kaufmann, dafür ist er besser für schwere Lasten geeignet. Andererseits lässt er sich weniger flott fahren. Matthew lenkt den Wagen und unterhält sich mit Joan. „Was hast du eigentlich in deiner Tasche?" fragt er.

„Ich habe gestern beim Kaufmann noch etwas besorgt. Lass dich überraschen."

Als sie an die Furt kommen, ist sie doch überrascht. Sie stellt sich hin und rafft ihren Rock etwas, damit er nicht nassgespritzt wird. Matthew lacht und sieht auf ihre Beine.

„Ich denke, ich werde mich dafür einsetzen, dass die Brücke nicht gebaut wird, so bekomme ich immer etwas zu sehen."

Sie setzt sich wieder hin und boxt ihn auf seinen Arm. „Du Flegel! Warte nur ab, du bekommst noch früh genug etwas zu sehen."

Matthew lenkt den Wagen zu den Gebäuden der Breckinridge Ranch. Er hilft Joan beim Absteigen und geht in das Haupthaus. Dort begegnen sie Clint Wagner, er ist gerade mit seinen Mitarbeitern in einer Besprechung. Matthew nutzt die Gelegenheit und stellt seine Freundin den Männern vor.

„Das hier ist meine Freundin, Joan Carter. Sie wird in den nächsten Tagen das kleine Haus am Fluss beziehen und wird dann sicher ab und zu hier mal erscheinen. Ich kann mir zum Beispiel vorstellen, dass wir, gegen entsprechendes Entgelt natürlich, Vorräte von euch beziehen."

Die Männer nicken und sehen sich interessiert die junge Frau an. Matthew bemerkt die neugierigen Blicke und sagt:

„Damit keine Missverständnisse aufkommen, das ist meine Freundin!"

Die Männer lachen. „Das ist schon in Ordnung", sagt einer von ihnen, „wir gucken nur gerne."

Matthew lächelt und schüttelt den Kopf. „Räuberbande", murmelt er noch und geht mit Joan hinaus. Es ist später Vormittag, als sie das kleine Haus erreichen. Matthew ist schon sehr gespannt, wie es seiner Freundin gefallen wird.

Joan Carter sieht das Haus und ruft schon von weitem überrascht aus: „Das ist hübsch! Hier gefällt es mir jetzt schon."

Matthew hält vor dem Haus und hilft Joan beim Aussteigen. Stolz fasst er ihre Hand und führt sie zum Haus.

Joan ist ganz aufgeregt. „Sieh mal, der Fluss ist ganz nahe!" Eilig läuft sie zur Tür und geht hinein, Matthew folgt ihr. Er hat gestern viel Zeit im Haus verbracht. Er hat noch einen Schrank aus dem Haupthaus geholt, er hat gefegt, gewischt und auch die Fenster gesäubert. Joan läuft aufgeregt in das Wohnzimmer. Dort stehen ein Tisch mit zwei Stühlen und der Schrank. Das Fenster ist recht groß, man kann, wenn man am Tisch sitzt, auf den Fluss hinaus sehen. Joan steht vor dem Fenster und blickt auf das glitzernde Gewässer. Die Sonne scheint aus einem blauen Himmel, sie spiegelt sich im Wasser des Flusses und wirft helle Reflexe an die Decke. Eine Gruppe von Kiefern wächst neben dem Haus und ist vom Fenster aus zu sehen. Neben dem Fenster ist eine Tür, die auf eine kleine hölzerne Veranda führt.

Matthew stellt sich neben Joan und legt einen Arm um sie. „Es freut mich, dass es dir gefällt."

„Gefallen ist gar kein Ausdruck, es ist wunderbar." Sie legt die Arme um ihn und schmiegt sich an ihn.

Matthew genießt ihren warmen Körper und fühlt sich so glücklich wie noch nie. Doch dann lässt er sie los. „Lass uns den Rest des Hauses ansehen. Wir müssen feststellen, was uns noch fehlt." Sie sehen sich das Schlafzimmer an. Hier steht jetzt auch ein Bett und ist sogar komplett mit Matratze und Bettzeug.

Joan sieht sich um. „Schön wären Teppiche oder etwas Ähnliches, das müssen wir im Hinterkopf behalten."

In der Küche steht ein kleiner Tisch neben dem Herd.

„Das Geschirr ist im Schrank im Wohnzimmer", sagt Matthew. „Zubehör für die Küche scheint mir im Moment das Dringendste zu sein. Wir haben jetzt gerade zwei Teller, Besteck und zwei Becher. Es fehlt so viel, ich denke nur an eine Schüssel zum Abwaschen, wir haben gerade einen Topf und eine Pfanne."

„Draußen neben dem Haus ist eine Wasserpumpe. Ich habe gestern gesehen, dass sie eingerostet ist. Ich werde morgen mit unserem Schmied sprechen, mal sehen, was man da machen kann. Bis das repariert ist, müssen wir das Wasser aus dem Fluss holen."

Dann sieht er zu ihr. „Jetzt kannst du damit rausrücken, was du in deiner Tasche hast."

Joan lächelt. „Okay, komm mit in das Wohnzimmer." Glücklich geht sie mit beschwingten Schritten dorthin. Ihre Tasche stellt sie auf den Tisch, sie greift hinein und holt ein Schild heraus. Stolz hebt sie ein Holzschild hoch.

»Willkommen bei Matthew und Joan«, steht darauf. „Ich habe es selbst gemalt", sagt sie, sichtlich stolz. „Ich hatte Sorge, dass die Farbe nicht rechtzeitig trocknen würde."

Matthew nimmt sie in den Arm und sagt: „Das ist so lieb von dir. Ich werde es gleich befestigen." Er sieht zur Tasche. „Was hat du noch Geheimnisvolles bei dir?"

Joan grinst und greift wieder in die Tasche. Sie bringt eine Flasche Wein und zwei Gläser zum Vorschein. Matthew ist begeistert. Seine neue Freundin entpuppt sich immer mehr als wahrer Glückstreffer. „Wir müssen wieder zurück, bevor es dunkel wird. Im Dunkeln möchte ich nicht mit dem Wagen durch die Furt fahren", erinnert er sie.

„Gut", sagt Joan, „dann müssen wir jetzt gleich anfangen." Sie fördert noch einen kleinen Kuchen und einen Flaschenöffner aus ihrer Tasche hervor.

„Hast du den Kuchen etwa selbst gebacken?", fragt Matthew überrascht.

„Nein, das nette Mädchen aus dem Boarding House hat ihn mir gestern Abend noch gebacken. Ich habe ihr dafür versprochen, ihr ab und zu mit einem Kleid auszuhelfen."

Sie sitzen beide auf den Stühlen und sehen nach draußen. Joan hat etwas Wein eingeschenkt, von dem sie ab und an einen Schluck genießen. Matthew sieht seine Freundin an.

„Ich bin bestimmt der glücklichste Mann auf der Welt."

Joan lacht und freut sich an seinem Glück.

Sie ergreift seine Hand. „Ich kann mich auch nicht erinnern, je so glücklich gewesen zu sein."

Sie zögert eine ganze Weile und sagt dann leise: „Matthew - verstehe das jetzt bitte nicht falsch - ich möchte mich dir jetzt hingeben. Es ist heute alles so schön und ich bin so glücklich."

Matthew sieht sie verblüfft an. Er hatte den Gedanken daran schon in seinem Inneren bewegt, schon nach so kurzer Bekanntschaft? Er überlegt eine Weile. „Angenommen - nur mal ganz theoretisch - du wärst eine ganz normale, bürgerliche Frau. Wann würde so ein Paar miteinander schlafen? Das würde doch bis zur Heirat oder doch bis zur Verlobung damit warten. Ich freue mich wahnsinnig über dein Angebot, ich meine jedoch, dass wir uns noch etwas gedulden sollten."

Joan lächelt ihn selig an. Ist er nicht ein Schatz? Dann sagt sie leise: „Denke jetzt nicht etwas Verkehrtes, ich möchte es selbst gerne mit dir versuchen."

Sie gehen beide in das Schlafzimmer und setzen sich auf das Bett. Sie küssen sich innig, dann zieht ihn Joan auf das Bett hinunter. Falls Matthew noch irgendwelche Hemmungen haben sollte, dann sind sie jetzt wie fortgeblasen.

Ihre Leidenschaft ist abgekühlt, sie liegen noch auf dem Bett und Matthew sieht sie an. Joan hat Tränen in den Augen.

„Was ist denn mit dir?", fragt er besorgt.

Joan lächelt ihn an und wischt sich eine Träne aus einem Auge. „Ich hatte keine Ahnung, dass es so schön sein kann."

Die Flasche Wein ist nur halb geleert und wird von Joan in den Schrank gestellt. Die Gläser kommen in die Küche auf den Tisch, falls es mal eine Möglichkeit zum Abwaschen geben wird.

Auf dem Weg zurück nach Gillette überlegen sie beide, welches die nächsten Schritte sein müssen, um ihr neues Heim zu vervollständigen. Ebenso wälzen sie Pläne über die Benutzung des Grundstückes. Matthew schlägt vor, dass sie sich einen Gemüsegarten anlegen sollten. Joan wirft ein: „Ein paar Hühner wären auch nicht schlecht, dann hätten wir immer frische Eier."

„Ja, das ist eine hervorragende Idee. Verstehst du denn etwas von der Hühnerhaltung?"

Joan lacht mit silberheller Stimme. „Nein überhaupt nicht. Ich gehe davon aus, dass ich das schnell lernen werde."

Matthew schlägt noch vor, dass sie unbedingt eine Art Schuppen neben dem Haus bauen sollten. Dort kann dann ein Pferd oder ein Wagen untergestellt werden. So vergeht die Zeit, bis sie Gillette erreichen, Pläne schmieden ist immer schön, die Zeit vergeht wie im Fluge. Matthew setzt Joan ab und stellt den Wagen in den Schuppen und das Pferd in den Stall der Schmiede. Das brave Tier wird noch gefüttert und getränkt.

Die Schießerei am Gemeindezentrum

Am nächsten Morgen treffen sich wieder alle drei in ihrem Büro, Mickey, Matthew und Joan. Mickey erzählt ihnen, dass gestern wieder zwei Wagen mit Siedlerfamilien eingetroffen sind und heute zu ihrem Land begleitet werden sollen.

Matthew hat eine Idee: „Ich möchte bei der Gelegenheit einen Vorschlag machen. Was haltet ihr davon, wenn wir den Siedlern nur eine Wegbeschreibung bis zur früheren Breckinridge Ranch geben? Dort werden sie entweder von Clint Wagner selbst oder einem seiner Gehilfen zu ihrer Parzelle geleitet. Auf die Weise sparen wir uns den Ritt bis zu ihrem Land. Den Weg finden sie doch bestimmt, oder?"

Mickey überlegt kurz. „Das ist eine gute Idee, schließlich haben sie auch den viel schwierigeren Weg hierher nach Gillette gefunden." Er lacht seinen Freund an: „Ich glaube, den Vorschlag hast du nur gemacht, um nicht so lange von deiner Freundin getrennt zu sein." Er lacht er wieder über das dumme Gesicht der beiden.

„Nein, jetzt im Ernst. Ich finde, das ist eine sehr gute Idee. Heute werde ich mal die Siedler führen, ich habe sowieso etwas mit Clint zu besprechen. Matthew, du kannst schon mal an einer Skizze arbeiten, die wir den Treckführern in Zukunft mitgeben können."

Matthew freut sich, dass Mickey seinen Vorschlag sinnvoll findet. Er kann so seine Freundin auch besser beschützen.

Am nächsten Tag kommen zehn Siedler in ihren Wagen an, dazu noch drei Personen mit der Postkutsche aus Cheyenne und zwei aus Fleetwood. Matthew, Mickey und Joan haben gut damit zu tun, die Fragen der Anreisenden zu beantworten und die Kaufverträge zu bearbeiten. Sechs der zehn Siedlergruppen bezahlen heute den Kaufpreis in bar und Matthew bringt das Geld zur Bank.

Draußen fährt ein Einspänner vor. Flüchtig fällt Mickeys Blick aus dem Fenster, den Wagen kennt er doch? Die Tür wird geöffnet und seine Frau Marilyn und sein Schwiegervater kommen herein. Mickey springt auf und nimmt seinen Schatz in den Arm.

Sie strahlt ihn an. „Ich konnte es nicht mehr ohne dich aushalten. Ich habe dich nun seit drei Tagen nicht mehr gesehen!"

„Du Arme", sagt er schelmisch und sieht sie an. Sie sieht wieder unvergleichlich gut aus. Von ihrer Schwangerschaft ist noch nichts zu erkennen, sie ist jetzt im dritten Monat. Er dreht sich zu Matthew und Joan um. „Entschuldigt bitte, ich habe euch für einen Moment ganz vergessen!"

„Matthew, du kennst die beiden schon. Joan, darf ich Ihnen meine Frau Marilyn und meinen Schwiegervater, Mark Baker, vorstellen?"

Joan Carter ist ehrlich erfreut und nimmt Marilyn Baker spontan in den Arm. Sein Schwiegervater beobachtet das Getümmel vor ihm mit sichtlicher Freude und nimmt dann die angebotene Hand von Joan und drückt sie herzlich. Er räuspert sich, um sich bemerkbar zu machen. „Der Anbau des Wohnhauses von meiner Tochter Marilyn und ihrem Mickey ist vor ein paar Tagen fertig geworden. Ich möchte die Gelegenheit nutzen, Euch zu einer Einweihungsfeier einzuladen. Und außerdem", fügt er hinzu, „wollte ich mal sehen, wie der Verkauf der Breckinridge-Ranch so läuft. Ich bin schon lange nicht mehr in Gillette gewesen, das wurde jetzt mal Zeit."

Joan hat sich bei Mark Baker untergehakt, der alte Herr ist ihr auf Anhieb sympathisch. „Wann soll die Feier denn stattfinden?", fragt sie ihn.

„Am kommenden Wochenende, am Sonnabend. Jetzt ist Mittwoch, bis dahin muss ich noch allerlei besorgen." Er wendet sich an Mickey. „Alle deine anderen Freunde und Bekannte sind selbstverständlich auch eingeladen."

Rasch geht Mickey die Liste seiner Freunde vor seinem inneren Auge durch. Das wäre schön, wenn sie alle kommen könnten.

Mark Baker verabschiedet sich. „Entschuldigt mich bitte, ich muss jetzt meine Einkaufsliste abarbeiten." Mit strahlendem Gesicht verlässt er das Büro.

Marilyn ist im Büro zurückgeblieben. Sie sitzt neben Joan und die beiden Frauen unterhalten sich. Es scheint, als hätten sich zwei verwandte Seelen getroffen. Die beiden Männer beobachten das mit Freude.

Am nächsten Tag, am Donnerstag, ist Mickey wieder in der Stadt. Er kommt eben aus dem Büro der Landverkaufsstelle. Matthew und Joan sind drinnen und bereiten sich auf weitere Käufer vor. Mickey freut sich sehr, dass Joan eine so gute Hilfe ist, da fällt es ihm leicht, die beiden alleine zu lassen. In ein paar Minuten wird wieder eine Sitzung des Planungsausschusses für den Ort Gillette stattfinden, die Mitglieder treffen sich dieses Mal im Sitzungsraum des Gemeindehauses. Mickey geht zu Fuß über den Boardwalk, der Weg ist nur kurz. Er sieht Clint Wagner ihm entgegenkommen, er hat dasselbe Ziel und ist jetzt etwa 100 Yards entfernt. Mickey hebt seinen Arm zum Gruß. Clint antwortet mit der gleichen Geste, zögert jedoch plötzlich und zeigt heftig winkend mit dem Arm nach oben auf die andere Straßenseite.

Mickeys eingebaute Alarmglocke schrillt. Er sieht plötzlich einen Reflex in dem Fenster vor ihm. Einer seiner beiden Revolver fliegt in seine Hand und er sucht instinktiv nach einer Deckung, keine Sekunde zu früh. Irgendwo oben vom Dach kommt eine Kugel, der Knall des Schusses hallt von den Häusern zurück. Mickey hat Schutz in einem Hauseingang und versucht herauszufinden, wo der Schütze sich versteckt hält. Er sieht zu Clint, der sich ebenfalls eine Deckung gesucht hat, es ist nur sein Kopf zu sehen. Clint ist ohne Waffe, seine beiden Spezialrevolver liegen in ihrer Schatulle auf der Ranch des toten Rinderbarons, jetzt hat er lediglich eine Tasche mit Unterlagen bei sich. Mickey sieht seinen Arm, der nach oben zeigt. Wieder bricht ein Schuss, er ist leidlich gut gezielt, die Kugel schlägt einen Fuß entfernt von ihm in das Holz des Bürgersteiges ein, Splitter fliegen ihm um die Ohren. Er ist unverletzt, er hat jetzt erkannt, wo der Schütze sich verschanzt hat. Er ist oben im Gemeindehaus und schießt aus einem der Fenster des Obergeschosses heraus. Weil die Schüsse von oben abgegeben werden, fehlt Mickey die Deckung. Ohne Schutz hat er nicht mehr lange zu leben.

Er springt auf und läuft mit großen Sätzen auf die Tür des Gemeindehauses zu. Der unbekannte Schütze versucht ihn mit zwei Schüssen zu treffen, Mickeys Bewegung ist jedoch zu schnell, die Kugeln gehen an ihm vorbei. Ein dritter Schuss kommt aus einer anderen Richtung, etwas weiter entfernt von ihm. Verdammt! Irgendwo muss noch ein zweiter Schütze stecken.

Mickey ist jetzt im Gemeindehaus, im Erdgeschoss gibt es einen Versammlungsraum und zwei Büroräume. Oben sind drei Räume für, zum Beispiel, einen Rechtsanwalt und den Bürgermeister. Diese Räume stehen zurzeit leer. Er geht zur Treppe und sieht vorsichtig hinauf. Das Überwinden einer Treppe ist immer gefährlich, weil es dort wenig Deckung gibt. Mickey hält sich dicht an der Wand, den Revolver hoch erhoben und schussbereit. Leise geht er Stufe für Stufe hinauf, immer den Blick auf die Ecke gerichtet, hinter der der obere Flur beginnt.

Nun steht er vor der Ecke zum Flur und es ist noch still. Gegenüber der Treppe ist eine Tür, sie ist nur angelehnt. In dem Zimmer könnte er Deckung finden, mit dem Risiko, in genau diesem Raum dem Schützen zu begegnen. Mickey steht fast oben auf der Treppe, er bückt sich und versucht unter der Tür durchzusehen. Es fällt Licht durch den Spalt, es ist keine Bewegung zu erkennen. Jetzt! Mickey springt hoch, einen Satz über den Flur, er stößt die

Tür auf und ist mit einem weiteren Satz im Zimmer. Ein Schuss kracht und die Kugel durchdringt die Holzwand. Zu spät, dafür war seine Bewegung zu schnell. Dafür weiß er jetzt, dass der heimtückische Schütze immer noch hier ist und sich am Ende des Flures befindet.

Mickey ist ganz still und horcht auf die Geräusche. Der Schütze muss jetzt reagieren. Sein gefährlicher Gegner ist nur zwei Räume entfernt, unten auf der Straße sammelt sich bereits Hilfe. Mickey öffnet leise das Fenster und sieht hinaus. Vor dem Fenster befindet sich das Dach des Untergeschosses, dahinter geht es ein Stockwerk tief bis zum Boden. Das wäre entweder eine Fluchtmöglichkeit oder eine Angriffsmöglichkeit. Er überlegt. Nein, hier oben ist es besser. Und während er noch die Lage beobachtet, öffnet sich das letzte Fenster und ein Mann springt heraus. Er macht eine Rolle über das Dach und springt auf den Hof. Mickey sendet einen Schuss hinterher, es sieht leider so aus, als hätte er nicht getroffen. Der Mann war Archie Goodwin, einer der beiden Bekannten von Joan Carter. Er klettert selbst aus dem Fenster, legt sich auf das Dach, kriecht zum Rand und sieht hinunter. Wieder kracht ein Schuss und reißt ihm den Hut vom Kopf. Verdammt, hier ist er auch nicht sicher. Solange er den Schützen nicht im Visier hat, kann er kaum etwas ausrichten. Nein, er muss das anders anfangen. Er kriecht zum Fenster zurück und springt schnell hinein. Dann läuft er die Treppe hinunter und sucht einen Weg, um hinter das Haus zu kommen.

Auf der Straße kommt ihm der Marshall entgegen, mit dem Colt in der Hand. Nicht weit von ihm entfernt steht Clint Wagner, er hat sich inzwischen eine Waffe besorgt. Der Marshall und Mickey gehen auf der einen Seite hinter das Gemeindehaus, Clint Wagner auf der anderen, so wollen sie den Schützen in die Zange nehmen. Hinter dem

Gemeindehaus ist noch ein Gebäude, es ist ein Geräteschuppen mit einem Pferdestall. Sonst ist niemand zu sehen, Archie Goodwin muss demnach in dem Schuppen sein. Alle drei laufen auf den Schuppen zu und postieren sich neben den beiden Türen. Clint Wagner steht an der hinteren Tür. Er stößt sie auf und sendet zwei Schüsse hinein. Im selben Moment reißt Mickey die vordere Tür auf und hechtet hinein. An der Wand steht der Schütze, er hebt seine Waffe und zielt auf Mickey. Er zögert einen Moment zu lange, jedenfalls zu lange für Mickey. Er schießt nur einmal, Archie Goodwin bricht zusammen und liegt dann bewegungslos auf dem staubigen Boden. Mickey steht auf und geht mit der .44er in der Hand auf den liegenden Mann zu. Auf seiner Brust ist eine Blutlache, er ist tot.

Der Marshall kommt aus seiner Deckung neben der Tür und sieht auf den Toten. „Alle Achtung, ein Superschuss!" Er steckt seinen Revolver ein. „Der zweite Mann ist uns entwischt. Er hat sich am Saloon ein Pferd gestohlen und ist fortgeritten, deiner Beschreibung nach war es Pinky Davis, der andere unserer merkwürdigen Gäste."

Mickey bedankt sich auch bei Clint. „Vielen Dank für deine Hilfe."

„Das war doch nicht viel, ich hätte gerne mehr geholfen." Er überlegt einen Moment. „Was ist jetzt mit unserer Versammlung, findet die noch statt?"

Mickey lacht. „Warum denn nicht? Ich bin jetzt in der richtigen Stimmung. Jetzt soll noch irgendjemand ein dummes Wort sagen!"

Clint lacht, beide gehen auf die Straße zurück. Dort stehen die anderen Mitglieder des Ausschusses, sie sind aus ihren Verstecken hervorgekommen und sind froh, dass niemanden von ihnen etwas passiert ist.

Marilyn kommt angelaufen, sie rafft ihren Rock, um schneller laufen zu können. Sie ruft: „Mickey, Mickey!" Als sie sieht, dass er jetzt freudestrahlend auf der Straße steht, lächelt sie. Sie legt ihre Arme um ihn und weint vor Freude. „Ich habe so viel Angst um dich gehabt, mein Schatz."

Mickey grinst. „Angst? Was ist das?", er hebt mit dem Zeigefinger ihr Kinn und gibt seiner schönen Frau vor allen Zuschauern einen langen Kuss. Clint Wagner fängt an zu klatschen und alle anderen klatschen mit. Mickey löst sich von Marilyn und sieht sich um. „Jetzt husch, husch an die Arbeit! Hier gibt es nichts zu gucken."

Marilyn sieht ihm nach, als er ins Gemeindehaus geht. Nein, Mickey hat keine Angst. Das ist ihr fast ein bisschen unheimlich. Matthew und Joan stehen auch auf der Straße und haben einen Teil mitbekommen. Joan fasst Marilyn an der Hand und sagt: „Ich kenne eine Menge Männer, keiner war so ein Draufgänger wie dein Mickey."

Marilyn nickt und seufzt. „Ja, du hast Recht. Das ist genau das, was mir immer wieder Sorgen macht. Irgendwann geht es mal nicht gut aus - vor dem Tag fürchte ich mich."

Die Versammlung geht, wie meistens, mit Debatten einher. Ein Problem ist die immer länger werdende Wunschliste, dagegen vermehrt sich das Geld leider nur langsam. Mickey ist dafür, einen Kredit aufzunehmen, die meisten sind dagegen. Er sagt: „Ich bezahle schon das Sägewerk und die Straße am Fluss. Dazu kommt noch die neue Brücke über den Brazos River. Das soll alles im nächsten Frühjahr fertig werden. Ich habe nicht unbegrenzt Geld zur Verfügung."

Die Mitglieder des Ausschusses diskutieren miteinander. Ben Nolan meldet sich zu Wort. „Okay, ich schlage vor, dass wir unsere Wunschliste mit Prioritäten versehen. Dann werden wir für den wichtigsten Punkt einen Kredit aufnehmen. Wer ist dafür, ich bitte um Handzeichen!"

Der Vorschlag wird angenommen und man einigt sich auf die Finanzierung eines Anbaus am Gemeindehaus, der sich als großer Versammlungsraum eignet. Wie zum Beispiel als Schulraum und als Andachtsraum für kirchliche Zwecke. Ein Problem ist die Festlegung der Größe. Der Raum soll in den nächsten Jahren nicht schon wieder zu klein sein. Der Ausschuss einigt sich auf fünfzig Plätze. Mickey bietet noch an, das benötigte Holz zum Selbstkostenpreis anzuliefern, sofern sein Sägewerk rechtzeitig fertiggestellt werden kann.

Es ist Sonnabendnachmittag. Heute Abend soll die Einweihungsfeier für das neue Wohnhaus von Mickey und seiner Frau Marilyn stattfinden. Es ist nicht mehr warm und sieht nach Regen aus, deshalb sind die Bänke in die Scheune getragen worden. Nach und nach treffen Reiter und einige Wagen ein. Fast alle Freunde von Mickey und Marilyn finden sich im Laufe des Nachmittags ein. Matthew und Joan sind schon da, Joan hat sich ein besonders hübsches Kleid angezogen und Matthew freut sich über die bewundernden Blicke der anderen Gäste.

Immer wieder führt entweder Marilyn oder Mickey Besucher durch den Anbau. Der ist eine Erweiterung des vorhandenen Haupthauses der Ranch von Mark Baker. Er hat ebenso eine Veranda zu dem See hinaus, so dass man dort sitzen und den schönen Ausblick genießen kann.

Alle Gäste sitzen nun in der Scheune. Mark Baker will eine kleine Ansprache halten, er verspricht, dass sie kurz werden wird.

Sie wird kurz. Er bedankt sich dafür, dass die vielen Gäste die Mühe der Fahrt auf sich genommen haben und ist sichtlich berührt über die große Anteilnahme und Sympathie, die seine Tochter und sein Schwiegersohn hier im Tal genießen.

Peter O'Connell ist auch gekommen. Seine Schmiede ist zurzeit reichlich mit Arbeit eingedeckt, so dass er kaum freie Zeit hat. Dazu noch die Verpflichtungen als Bürgermeister, das ist für ihn kaum zu schaffen. Mickey bedeutet ihm viel als Freund, deshalb hat er heute die Arbeit mal Arbeit sein lassen und ist hierher zur Double-M-Ranch geritten. Joan und Marilyn haben sich neben ihn gesetzt und machen Späße mit ihm. Peter genießt die Zuwendung durch die beiden jungen Frauen. Er ist auch einmal verheiratet gewesen, dass ist inzwischen ein paar Jahre her. Seine Frau und sein Kind waren bei einem Indianerüberfall ums Leben gekommen, seitdem ist er allein geblieben. Mickey sieht zu dem kräftigen Kerl hinüber und freut sich über den Spaß, den Peter jetzt hat. Vielleicht gibt er seine Zurückhaltung auf und heiratet doch noch einmal. Nur, wie soll man hier im Westen, wo Frauen in der Minderheit sind, eine passende finden?
Peter O'Connell bekommt von den beiden Frauen noch einen Kuss auf jede Wange, dann stehen sie auf und mischen sich unter die anderen Gäste.

Helen und John Clarkdale sind auch gekommen. John erzählt gerade freudestrahlend, dass Helen ein Baby erwartet, in vier Monaten soll es soweit sein. Marilyn und alle anderen gratulieren den zukünftigen Eltern. Marilyn lächelt still vor sich hin und denkt an das Kind, dass sie selbst erwartet. Nein, heute wird sie es noch nicht erzählen, das ist noch ein wenig früh. Joan kommt auf sie zu, sie sieht bedrückt aus.
„Nanu, was hast du denn?", fragt Marilyn ihre Freundin. Joan überlegt eine Weile an einer Antwort. Dann spricht sie leise zu Marilyn. Sie hat schon zahlreiche Abtreibungen hinter sich, die letzte war vor drei Jahren und die hatte sie beinahe nicht überlebt. Als Folge des fehlgeschlagenen

Eingriffes kann sie nie wieder schwanger werden. Sie weint ein wenig und Marilyn tröstet sie.

Matthew kommt dazu und erschrickt. „Was ist denn mit dir, mein Schatz?"

Joan legt ihre Arme um seinen Hals und weint. Auch Matthew erfährt jetzt von ihrer Unfähigkeit, Kinder zu bekommen. Seine arme Maus, sie tut ihm so unendlich leid. „Wir könnten Kinder adoptieren, wenn du das möchtest", sagt er. Ihr Gesicht erhellt sich etwas. " Das würdest du tun?", fragt sie.

„Ja", antwortet Matthew, „das ist doch selbstverständlich. Es gibt so viele Kinder, die ihre Eltern verloren haben. Die sind froh, wenn sich jemand um sie kümmert." Joan fühlt sich jetzt etwas besser, sie trocknet ihre Tränen und mischt sich wieder unter die Gäste.

Einige der Gäste schlagen vor, dass Mickey sich doch mal mit dem Schmied im Armdrücken messen soll. Doch Mickey schüttelt den Kopf und zeigt ihnen einen Vogel. „Ich kenne Peter O'Connell noch von früher aus Laramie. Keiner konnte seinen Amboss soweit tragen wie er selbst. Keine Chance, ich will mir doch nicht den Arm brechen lassen!"

Der mächtige Schmied lacht und sieht sich mit funkelnden Augen um. „Möchte vielleicht jemand anderer einen Versuch machen?" Es meldet sich niemand und Peter lacht fröhlich mit seinem tiefen Bass.

Gegen Abend begeben sich einige Gäste wieder heim. Bis Gillette sind zwei Stunden zu reiten, sodass viele der Gäste aus dem Ort einen Platz zum Schlafen auf der Ranch und in der Scheune bekommen.

Das Sägewerk

Am 3.November fällt der erste Schnee. Es ist nicht viel und er bleibt nur einige Tage liegen, der Winter hält jetzt

Einzug. Ob jetzt noch weitere Siedler mit ihren Wagen kommen, ist sehr fraglich, eher reisen mit der Postkutsche Interessenten an. Einhundert Familien haben bisher Land gepachtet.

Mickey und Matthew sitzen in ihrem Büro und planen für den Winter. Was können die Siedler machen, wenn es richtig kalt wird? Es sind zu viele, um sie alle irgendwo aufnehmen zu können. Schließlich einigen sie sich darauf, Kranken und Schwangeren den Aufenthalt in einem Haus zu ermöglichen.

Joan und Matthew leben in ihrem Haus am Fluss. Die letzten Wochen hat Matthew viel Holz am Haus gestapelt, damit sie über den Winter genug zum Heizen haben. Dass über den Winter noch weitere Käufer für die Parzellen kommen, ist kaum anzunehmen, vielleicht eine Handvoll. Matthew hat deshalb die wichtigsten Unterlagen mit in ihr Haus genommen und das ist nun der Anlaufpunkt für die Siedler, die hier schon leben. Falls noch weitere Siedler kommen sollten, ist vereinbart worden, dass sie sich im General Store melden. Dort ist über Winter auch weniger Betrieb und Ben Nolan, der Kaufmann, kennt die Arbeit mit den Siedlern gut. Inzwischen hat jeder bei ihm eingekauft, die meisten von ihnen auf Kredit.

In diesem Winter schneit es sehr viel, in manchen Wochen liegt der Schnee über zwei Fuß hoch. Matthew hat seine Pumpe leerlaufen lassen, damit sie nicht entzwei friert. Nun muss er jedoch für sich und seine Freundin das Wasser aus dem Fluss holen. Der ist teilweise zugefroren, so dass sich das Wasserholen als nicht ganz einfach erweist.

Die Siedler haben sich in ihre Wagen zurückgezogen und trotzen mit warmen Decken der Kälte. Einige besitzen einen kleinen Ofen, der mit Holz befeuert wird. Die Wagen werden dann mit Planen und Decken zugedeckt und nur das Ofenrohr schaut heraus. Falls gelegentlich jemand nach Gillette muss, erweist sich die Furt als problematisch. Der Fluss ist nicht tiefer als sonst, nur die zugefrorenen Ränder und die Eisschollen, die mit dem Wasser angeschwommen kommen, sind tückisch.

Ab März schneit es weniger und es gibt auch schneefreie Tage. Es schneit noch bis in den April hinein, dann beginnt das langersehnte Frühjahr. Marilyn Callaghan ist hoch schwanger, im nächsten Monat soll das Kind zur Welt kommen. Immer wieder kommt Mickey von seinen Geschäften nach Hause, um nach ihr zu sehen. Dabei ist für ihn jetzt Hochbetrieb. Ebenfalls im nächsten Monat soll die Sägemühle in Betrieb gehen. An der Straße am Fluss entlang wird jetzt mit allen verfügbaren Kräften gearbeitet. Der Fluss soll um etwa zwei Fuß aufgestaut werden, dann hält sich der erforderliche Bau von Deichen in Grenzen. Auf die Weise ist für alle Bewohner des Tales und aus Gillette reichlich zu tun.

Helen Clarkdale hat vor eine Woche einen Sohn entbunden. Der Vater, der Besitzer des Gillette Mirror, ist sichtlich stolz und hat auch gleich eine große Anzeige in seiner Zeitung veröffentlicht. Da das Ehepaar ein Haus in dem Ort Gillette hat, sieht praktisch jeden Tag jemand hinein, um sich den neuen Erdenbürger anzusehen.

Das Sägewerk ist kurz vor der Vollendung. Eine starke Antriebswelle trägt zwei Wasserräder, die später 70 Pferdestärken leisten sollen. Die Säge ist so konstruiert, dass zwei Stämme gleichzeitig zu Brettern gesägt werden können. Die Mühle steht am Ende des Tales, kurz vor der Grenze des ehemaligen Besitzes von William Breckinridge. Ein riesiger Wald aus Kiefern und Fichten steht hier bis fast an die Mühle heran. Mickey hat sich die Parzellen in der Umgebung des Sägewerkes vorsorglich reserviert.

Die Mühle ist etwa 50 Yards neben dem Fluss auf das Land gebaut worden. Was nun noch fehlt, ist das Umleiten des Flusses durch ein neues, künstliches Bett. Die Schachtarbeiten für den neuen Kanal sind nahezu abgeschlossen. Die ausgeschachtete Erde soll zum Zuschütten des alten Flusses verwendet werden und lagert nun in großen Haufen daneben. Ein Sägewerkbau- und Wasserbauspezialist leitet die Arbeiten. Mickey kontrolliert gerade die Baustelle mit ihm.

„Ich bin sehr zufrieden mit dem Fortschritt der Arbeiten. Noch schneller wäre allerdings noch besser."

„Ich gebe Ihnen Recht. Es sind bereits fast einhundert Arbeiter und mehrere Pferdegespanne im Einsatz, mehr Helfer sind nicht zu bekommen."

Fast zwanzig weitere Arbeiter sind als Holzfäller tätig und haben bereits über hundert Bäume abgeholzt und zu der Mühle transportiert. Es fehlt noch der letzte Durchstich, dann kann die Sägerei beginnen. Die Säge ist eine Gattersäge und kann sowohl Bretter als auch Kantholz sägen. Die Wasserzufuhr wird später mittels eines verstellbaren Wehres geregelt.

Mickey gehen die Arbeiten nicht schnell genug voran. Das Holz wird unbedingt zum Bau der Häuser und für die Brücke benötigt, bis zur Inbetriebnahme werden noch weitere zwei Wochen vergehen. Er hat schon alle verfügbaren Kräfte beschäftigt und ihnen einen extra Wochenlohn versprochen, wenn sie termingerecht fertig werden. So murrt kaum jemand, alle strengen sich an, um den Termin einzuhalten.

Auch die Straße entlang des Brazos River ist fast fertig. Felsen mussten weggesprengt werden, kleine Wasserläufe wurden mit Brücken versehen und so manche Furche wurde mit Schotter aufgefüllt.

Immer wenn Mickey am Haus von Matthew und Joan vorbeikommt, sieht er nach, ob jemand zuhause ist. Joan ist häufiger anzutreffen, seltener sind beide im Haus.

Mickey hat heute Glück, Joan ist anwesend. Matthew hat noch einen Schrank für die Küche aufgetrieben, und der wird gerade von ihr eingeräumt.

Joan strahlt, als sie ihm die Tür öffnet. „Das ist schön, dass du mal vorbeischaust, wie geht es Marilyn?"

Mickey lächelt, als er an seine Frau denkt. „Das ist nett, dass du dich nach ihr erkundigst", sagt er, " es geht ihr gut, und sie fühlt sich wohl. Die Entbindung wird in etwa drei Wochen sein."

„Hast du jemanden, der ihr bei der Geburt hilft?"

„Ihr Vater wird das machen. Er hatte schon bei seiner Frau die Hebamme gespielt."

„Ich kann gerne kommen, wenn du möchtest. Ich habe zwar nie selbst entbunden, ich habe jedoch häufig meinen früheren Kolleginnen bei der Geburt geholfen."

Mickey freut sich, dass sie ihre Vergangenheit so gut verarbeitet hat. „Du bist herzlich willkommen. Du kannst gerne schon in den nächsten Tagen zu uns kommen und bis zur Entbindung bleiben. Ich mache mir wegen der Geburt anscheinend mehr Sorgen, als alle anderen."

Joan lacht. „Ich glaube, das ist normal. Die Männer spielen alle verrückt, wenn es soweit ist. Ich werde ab nächste Woche kommen, versprochen."

„Das ist schön, ich fühle mich wieder etwas wohler. Im Büro der Gillette Land Society wirst du kaum noch gebraucht, da wir vor zwei Wochen endlich eine Schreibkraft gefunden haben, die nicht nur schreiben, sondern auch den Telegrafenapparat bedienen kann."

Joan erzählt eifrig von ihrem Plan, Hühner zu halten. „Ich habe schon mit einem der Siedler gesprochen. Der hat Hühner und zwei Hähne mitgebracht und will eine Hühnerfarm aufbauen. Dabei werde ich ihm helfen, um etwas über die Hühnerhaltung zu lernen. Sobald aus den nächsten Eiern weitere Hühner und Hähne schlüpfen, werde ich ein paar bekommen."

Mickey freut sich über ihren Eifer. „Nur zu, und wenn ihr jetzt noch Gemüse anbaut, dann hast du genug zu tun." Er lacht. „Weißt du noch, dass eine deiner Sorgen war, du könntest Langeweile haben?" Beide lächeln, als sie sich an Joans erste Tage in Gillette erinnern. Mickey gibt noch Wünsche für Matthew mit, dann reitet er weiter zum Ort.

Im Büro der Gillette Land Society ist Hochbetrieb. Im Durchschnitt kommen acht bei zehn Familien pro Tag, dazu zahlreiche Interessenten als Passagiere der Postkutschen, die ebenfalls Land erwerben wollen.

Ein Siedler betritt das Büro und wendet sich an Matthew Richmond: „Unsere Hündin hat vor ein paar Tagen geworfen. Wir müssen die Welpen unbedingt abgeben. Wenn sie nicht mehr gesäugt werden, sind wir nicht in der Lage, alle Hunde zu ernähren."

„Gut, dass Sie das sagen. Ich denke, wir werden die Welpen unterbringen können. Warten Sie, ich komme mit hinaus und sehe sie mir an."

Der Farmer geht zu seinem Wagen und zeigt Matthew auf der Ladefläche, halb unter einer Decke verborgen, die Hündin mit ihren Welpen.

Die Hündin ist ein helles, fast weißes Tier mit schwarzen Flecken, sie hat etwa die Größe eines deutschen Schäferhundes. Die Welpen sind ein buntes Durcheinander. Ein paar ganz schwarze und ein paar fast weiße sind dabei. Insgesamt sind es acht Welpen. Matthew lächelt über die niedlichen kleinen Tiere. Er fragt den Siedler. „Ist es nicht am besten, wenn Sie den ganzen Wurf hier lassen, solange sie noch gesäugt werden?"

„Ja, das stimmt. Wer würde den Wurf nehmen?"

„Wir nehmen ihn, wenn Sie einverstanden sind." Der Siedler sieht zufrieden, aber auch ein wenig traurig aus, weil er seine Hündin für eine Weile abgeben soll.

Matthew findet einen Platz im hinteren Raum ihres Bürohauses. Dort ist ein Abstellraum mit einer Tür nach hinten hinaus. Sie legen eine Decke hinein und bringen dann den Wurf dorthin. Das ist nicht ganz einfach, da die Hündin ihre Welpen nicht aus den Augen lassen will und drohend knurrt. Schließlich ist es geschafft. Matthew schreibt einen Zettel mit dem Vermerk: »Welpen abzugeben, näheres im Büro« und befestigt ihn draußen am Büro im Aushang. Bis auf weiteres könnte sich der Junge Falke um die Tiere kümmern. Indianer haben immer Hunde besessen, er wird es sicher gut machen.

Am nächsten Tag kommt Joan in die Stadt gefahren. Sie benutzt dazu einen der Wagen von der Breckinridge Ranch. Sie will zum General Store zum Einkaufen, um ihr kleines Zuhause noch schöner zu gestalten. Natürlich kommt sie zuallererst zu Matthew in das Büro. Nach einem Kuss sagt Matthew: „Sieh mal, was wir hier haben", und führt sie nach hinten zu dem Hundelager.

Joan sieht die Hunde und bricht in Entzücken aus. „Die sind ja niedlich! Sieh doch mal!"

Matthew freut sich, denn seine Überraschung hat so geklappt, wie er es sich gedacht hatte. „Was hältst du davon, wenn wir einen von den Welpen zu uns nehmen würden?"

„Oh ja, da würde ich mich freuen!" Sie hockt sich vor die Hunde. Die Hündin knurrt schon leise. „Ja, ja, ist ja gut meine Liebe", beruhigt sie die Hündin. Sie fasst die Welpen nicht an, sondern sieht ihnen nur zu. Sie zeigt auf eine Hündin, die ganz weiß ist, mit schwarzen Ohren und einer schwarzen Schwanzspitze.

„Was hältst du denn von der?"

„Das ist jetzt deine Entscheidung. Du bist die Erste und du kannst dir zuerst ein Tier aussuchen." Sie entscheidet sich für die kleine Hündin und steht dann auf. Sie gibt Mathew einen Kuss.

„Vielen Dank, mein Schatz, dass du immer an mich denkst und mir immer wieder eine Freude machst."

Sie verabschiedet und ihren Weg zum General Store fort.

Bald kommt sie zurück und setzt sich zu Matthew auf den Schreibtisch. Im Büro ist Hochbetrieb, und Matthew hat nicht wirklich Zeit für sie. Er entschuldigt sich bei den Siedlern, die in seinem Büro sind und hört seiner Freundin zu.

„Matt, bei Ben Nolan steht eine Nähmaschine, die hätte ich gerne."

„Du kannst mit einer Maschine nähen, das wusste ich gar nicht!"

„Doch, sogar ganz gut. Ich bin keine richtige Schneiderin, zum Ändern meiner Kleider hat es immer gereicht."

Sie sieht ihn an und lächelt ihn an. „Ich möchte mir damit Gardinen und Vorhänge nähen. Und falls es gewünscht wird, könnte ich auch für die Siedlerfrauen Näharbeiten durchführen."

„Hm, was soll die Maschine denn kosten? Mickey bezahlt mich ganz ordentlich, große Sprünge kann ich mit dem Geld leider nicht machen."

„Soll ich mal mit Mickey sprechen?"

„So weit kommt es noch! Mickey kann doch nicht für alles herhalten!"

Er grübelt einen Moment nach. "Also gut, ich kann dir ja ohnehin nichts abschlagen..."

„Bisher habe ich das nicht ausgenutzt", sagt Joan und lächelt ihn süß an.

„Ja, das stimmt. Also, gehe nur zu Ben und kaufe dir die Nähmaschine. Ich rede mal mit ihm wegen eines Kredites."

Zwei Tage später kommt ein kleiner Wagen mit zwei Personen, einem Mann und einer Frau, in den Ort gefahren. Das Paar kommt in das Büro der Land Society. Sie sind beide klein und kräftig und man sieht, dass sie gewohnt sind, hart zu arbeiten. Sie wollen jedoch kein Grundstück kaufen, sondern suchen Arbeit im Ort. Da sind sie in diesem Büro nicht an der richtigen Adresse, Matthew kann immer weiterhelfen. Er hat eine Liste mit Suchanzeigen, die er aus seiner Schublade holt. Unter anderem sucht Ben Nolan einen Verkäufer für seinen neuen Hardware-Shop und John Clarkdale sucht händeringend nach einem Reporter und Redakteur für seine Zeitung. Diese beiden Jobs scheinen für die beiden interessant zu sein.

Der Mann, Karl Trautmann, ist ehemaliger Sergeant der Nordstaaten-Armee und hat sich seit Ende des Bürgerkrieges mit Gelegenheitsarbeiten über Wasser gehalten. Die Frau, Sunny Cornerman, versucht schon seit langem ihre Kenntnisse in Grafik und als Autor anzuwenden - das ist für eine Frau zwar ungewöhnlich, diese Frau scheint etwas Besonderes zu sein.

Matthew beschreibt ihnen kurz den Weg zu Ben Nolans General & Hardware Store, sie bedanken sich beide und steigen auf ihren kleinen Wagen. Er wird von zwei Eseln gezogen, die mit dem leichten Wagen kein Problem haben. Vor Bens Laden halten sie an und betreten den General Store. Ben Nolan hat Kundschaft, so warten die beiden, bis sie an der Reihe sind. Ben freut sich über den Interessenten und fragt nach den Vorkenntnissen des Mannes. Er war zeitweise Lagerverwalter, so dass sich Ben Nolan sehr interessiert zeigt. Die Frau mischt sich in das Gespräch ein: „Für meinen Verlobten ist es sehr wichtig, dass er nur gute, amerikanische Ware verkaufen soll. Können Sie das gewährleisten?"

Ben Nolan ist etwas überrascht über diesen ungewöhnlichen Wunsch, er zögert und beschreibt kurz seine Verkaufsartikel.

„Die Pflüge und die anderen Geräte für den Ackerbau sind von der Firma Deere aus Illinois, die Werkzeuge sind fast alle von der Firma Johnston aus Detroit. Wir verkaufen nur erprobte und qualitativ hochwertige Ware."

Karl Trautmann ist sehr zufrieden. „Wann kann ich anfangen?"

„Sofort, wenn es möglich ist. Ich habe sehr viele Kunden, ich benötige unbedingt Verstärkung."

„Das klingt doch gut, wir müssen nur noch klären, wo wir wohnen können."

Ben Nolan überlegt einen Moment. „Eine Weile müssen Sie wohl noch in Ihrem Wagen wohnen. Soweit ich weiß, geht das Sägewerk in der nächsten Woche in Betrieb. Dann wird hier ein Haus nach dem anderen aus dem Boden sprießen. Für Sie wird sich dann auch etwas finden."

Das Paar lässt sich noch den Weg zum Gillette Mirror erklären, dann bedanken sie sich und verlassen den Laden.

John Clarkdale arbeitet an seiner Druckerpresse. Er hat den Drucksatz für eine neue Seite seiner Zeitung eingespannt und macht gerade einen Probeabzug.

Sunny Cornerman stellt sich und ihren Verlobten vor. John Clarkdale schüttelt ihnen die Hand.

„Willkommen in Gillette und beim Gillette Mirror. Ich hoffe, Sie fühlen sich in unserem aufstrebenden Örtchen wohl."

Die junge Frau nickt zu seinen Worten. „Ich habe gehört, Sie suchen eine Aushilfe für Ihre Redaktion?"

John Clarkdale sieht sie überrascht an.

„Tatsächlich, das ist richtig. Ich hatte mir irgendwie einen Mann vorgestellt, warum soll eine Frau so etwas nicht auch können?

122

„Können Sie schreiben und lesen?", fragt der Redakteur und grinst sie an.

„Selbstverständlich. Auch Deutsch und Latein, wenn es sein muss."

„Danke, danke. Bei mir kommen Sie mit Englisch zurecht. Können Sie mit einem Fotoapparat umgehen?"

Die junge Frau nickt heftig und erklärt, sie hätte das Fotografieren schon von ihrem Vater gelernt. John Clarkdale sieht sie skeptisch an und fragt dann: „Von Ihrem Vater? Solange gibt es die Fotografie doch noch gar nicht."

Die junge Frau lacht. „Nein, das war auch nur ein Witz."

John Clarkdale ist sehr zufrieden.

„Das passt mir sehr gut. Wissen Sie, ich suche nach einer Hilfe, die durch das Tal zieht, die neuen Siedler befragt und Fotografien anfertigt. Ich habe so viel mit der Druckerei zu tun, dass ich zu dem Herumfahren leider keine Zeit mehr habe."

Die junge Frau freut sich und lacht John Clarkdale an. Sie reicht ihm die Hand.

„Das ist genau das, was ich mir vorgestellt habe. Ich bin Ihre Frau!" Dann fügt sie noch hinzu: „Wir suchen nach einer Wohnung oder einem Zimmer für uns beide, können Sie uns weiterhelfen?"

Der Redakteur überlegt. „Tja, das sieht im Moment etwas schlecht aus. Unser kleiner Ort platzt aus allen Nähten. Aber ab nächste Woche..."

„Ja, ja, ich weiß schon", antwortet die Frau, „dann sprießen die neuen Häuser wie Pilze aus dem Boden."

„Äh, woher wissen Sie...?" Er ist etwas erstaunt.

„Das haben wir schon im General Store erfahren. Wissen Sie vielleicht mehr?"

„Ich habe einen Schuppen hinter diesem Büro. Der ist für ein Pferd und einen Wagen gedacht. Dort können Sie Ihren Wagen unterstellen und die Pumpe und auch die Toilette benutzen, die sich dort draußen befinden."

Die Frau bedankt sich, dann verlassen sie hocherfreut das Büro der Zeitung. Dass sie so schnell und problemlos eine Stellung finden würden, hatten beide nicht erwartet.

Heute soll das Sägewerk in Betrieb gehen. Die Arbeiter haben die Schachtarbeiten fast abgeschlossen. Ein erster kleiner Wasserstrom strömt schon durch den Durchbruch, füllt den neuen Wasserlauf zur Mühle und fließt um die Wasserräder herum. Der Wasserstrom ist noch zu schwach, um die Räder anzutreiben.

Mickey inspiziert mit seinem Spezialisten jedes Detail. Er ist aufgeregt und hat Sorge, dass im letzten Moment noch etwas schiefgehen könnte. Zum wiederholten Male erläutert der Fachmann Mickey und seinem Vorabeiter die Funktion der verschiedenen Absperrschieber. Auf dem Schlitten vor dem Sägegatter liegt ein Baumstamm, bereit, in die nagelneuen Sägeblätter geschoben zu werden.

Ein paar Stunden später wird das alte Bett des Flusses zugeschüttet. Wagen um Wagen wird heran geschoben und der alte Lauf gefüllt. Es ist Erde und Schotter aus dem neu ausgeschachteten Wasserlauf, weitere Steine und kleine Felsen aus der Umgebung. Die Pferde wiehern und werden von den Männern zum Äußersten gezwungen. Besonders das Rückwärtsschieben der Wagen fällt den Tieren schwer. Je vollständiger das alte Flussbett verschlossen wird, desto rascher strömt das Wasser durch das neue Bett. Die Wasserräder müssen noch keine Kraft abgeben und beginnen sich zu drehen.

Jetzt strömt nur noch ein kleines Rinnsal durch das alte Flussbett. Auf Geheiß des Mühlenfachmannes schließt der Vorarbeiter die künstliche Umgehung um die Wasserräder, sie drehen sich jetzt schnell und kräftig. Zwei Arbeiter schieben den Baum gegen die Sägeblätter, mit großem Lärm graben sich die scharfen Zähne der neuen Sägeblätter in das Holz. Ritsch, ratsch, klingt es von der Säge, der

Baum wird zügig voran geschoben und ist in zehn Minuten fertig. Die Arbeiter haben jetzt gut zu tun. Die frisch gesägten Bretter werden auf den schon bereit stehenden Wagen geladen und weitere Arbeiter rollen einen neuen Baum vor das Sägegatter. Nachdem der zweite Baum gesägt worden ist, wird die Arbeit für heute beendet.

Mickey Callaghan ruft seine Arbeiter zusammen und bedankt sich für die geleistete Arbeit. Alle Arbeiter, die bis jetzt die Erdarbeiten durchgeführt haben, werden nicht arbeitslos sein. Sie werden benötigt, um das Holz zu transportieren und Häuser zu errichten, auch die geplante Brücke über den Brazos River soll jetzt fertiggestellt werden. Die Fundamente sind bereit, die eigentliche Brücke kann darauf gesetzt werden kann.

Anlässlich der Fertigstellung hat Mickey ein paar Fässer Bier gestiftet und die Arbeiter dürfen jetzt feiern. Zwei Rinder sind geschlachtet worden und werden jetzt über offenen Feuern am Spieß gebraten.

Matthew und Joan kommen mit einem kleinen Einspänner an. Der Besuch mit einem Wagen ist jetzt möglich, da die Arbeiten an der Straße zum Sägewerk beendet sind.

Mickey lächelt, als er die beiden kommen sieht. „Ihr wisst auch immer, wo es etwas zu feiern gibt", sagt er und lacht.

Matthew und Joan grinsen und Matthew antwortet: „Du weißt, warum wir hier sind. Dieses Sägewerk ist eine wichtige Voraussetzung für den Aufschwung im Tal, deshalb wollten wir bei der Inbetriebnahme unbedingt dabei sein."

„Das freut mich ganz besonders. Stärkt euch erst einmal, dann führe ich euch herum, wenn ihr mögt."

Sie mögen, insbesondere Matthew zeigt ein besonderes technisches Interesse für die Mühle, wie sie arbeitet und wie sie gesteuert wird.

Ein weiterer Wagen fährt vor. Er ist klein, er wird von einer Frau gelenkt und von zwei Eseln gezogen. Mickey guckt neugierig, den Wagen und die Frau hat er noch nie gesehen. Die junge Frau springt behände vom Kutschbock, sie sieht sich um und ruft: „Huhu! Wer von Ihnen ist Mister Callaghan?"

Mickey hebt den Arm, geht auf die Frau zu und ergreift die angebotene Hand. „Ich bin Mickey Callaghan. Und mit wem habe ich die Ehre?"

„Mein Name ist Sunny Cornerman. Ich bin im Auftrag des Gillette Mirror hier und soll einen Bericht über das neue Sägewerk erstellen." Sie zieht einen Notizblock aus ihrer Umhängetasche und überschüttet Mickey mit vielen Fragen, die er gerne beantwortet. Sie sieht zum Himmel hinauf und sagt: „Ich werde, solange das Licht noch gut ist, ein paar Bilder mit dem Fotoapparat aufnehmen."

Sie geht zu ihrem Wagen und lädt ein Stativ und eine große, hölzerne Kamera ab. Sie richtet den Apparat auf die Mühle und bittet die Männer, sich davor zu stellen und einen Moment ganz still zu stehen. Sie zieht die Abdeckung der fotografischen Platte heraus, nimmt den Deckel vom Objektiv ab und zählt leise vor sich hin. Nach einigen Sekunden setzt sie den Objektivdeckel wieder auf und verschließt die lichtempfindliche Platte. „So, jetzt können Sie sich wieder bewegen."

Mickey verwickelt die junge Frau in ein Gespräch. Er fragt, seit wann sie in Gillette ist und woher sie von den freien Stellen erfahren hat. Sie kommt aus Laramie, die Information hatte sie aus dem »Laramie Star«. Dort ist angeblich häufig ein Bericht über Gillette zu finden. Mickey erwähnt die baldige Niederkunft seiner Frau. „In den nächsten Tagen werde ich Vater, wäre das eine interessante Information für Sie?"

Die junge Frau zückt ihren Stift und macht sich eine Notiz. „Wenn das bedeutendste Paar in der Gegend das erste

Kind bekommt, dann, denke ich, ist das schon einen kleinen Bericht wert."

Mickey wiegelt ab. „Ich tue was ich kann, ich bin nicht wichtiger als die anderen auch."

Matthew klopft seinem Freund auf die Schulter. „Nun stell mal dein Licht nicht unter den Scheffel. Ohne dich würde es hier ganz anders aussehen."

Die Reporterin schultert ihre Kamera. „Und jetzt entschuldigen Sie mich bitte. Ich muss wieder zurück. Sie wissen ja, Reporter haben es immer eilig." Sie lächelt und steigt auf ihren Wagen. Sie wendet geschickt, wobei ihr die Esel aufs Wort gehorchen und fährt nach Gillette zurück.

Die Einweihungsfeier geht dem Ende zu und die ersten Aufräumarbeiten beginnen. Matthew und Joan helfen mit und laden die mitgebrachten Bänke auf ihren Wagen. Dann verabschieden auch sie sich von Mickey, der heute über Nacht bleiben wird, um morgen in aller Frühe mit dem Sägen beginnen zu können.

Matthew lädt die Bänke an der Breckinridge-Ranch ab und bringt dann Joan auf die Double-M Ranch. Die Wehen haben bei Marilyn noch nicht eingesetzt, sie ist guter Dinge und beteiligt an den weniger anstrengenden Arbeiten im Haus.

Matthew und Joan richten Grüße von Mickey aus, dann verschwinden die beiden Frauen in einem der Kinderzimmer. Es ist komplett eingerichtet, ein Tisch und eine Wiege stehen darin. Sie ist aus Korb geflochten und hat Räder zum Schieben. Über dem Korb ist ein Baldachin angebracht. „Die Wiege steht nur vorübergehend hier. Wir werden sie später nach unten stellen, entweder in das Wohnzimmer oder in unser Schlafzimmer, das müssen wir ausprobieren", erklärt Marilyn.

Spät am nächsten Tag kommt Mickey mit seinem Brighty vom Sägewerk nach Hause geritten. Er ist erschöpft, dafür sehr zufrieden. „Das Sägewerk läuft ausgezeichnet, die Arbeiter sind hoch motiviert, dank der langen Einweisung machen sie ihre Arbeit sehr gut." Er fragt Joan: „Will Matthew noch kommen? Ich hätte etwas mit ihm zu besprechen."

„In zwei oder drei Tagen, hat er mir erzählt. In der Verkaufsstelle ist jetzt Hochbetrieb, da kann er nicht gut weg." Mickey ist sehr zufrieden. Die Parzellen sind zu drei Viertel verkauft. Im Ort ist viel Betrieb, alle Gebäude, die im vorigen Jahr noch leer gestanden haben, sind repariert und sind jetzt bewohnt oder werden verwendet. Der Bau neuer Häuser ist notwendig, deshalb ist das Sägewerk keinen Tag zu früh fertig geworden.

Zwei Tage später setzen bei Marilyn die Wehen ein. Mickey wird von Mark Baker aus dem Schlafzimmer geschickt, dann sind er und Joan mit der Gebärenden allein. Mickey ist nervös und aufregt, seine größte Sorge gilt Marilyn. Hoffentlich geht alles glatt. Es kommt ihm vor wie Stunden, dann wird er von seinem Schwiegervater gerufen. „Mickey! Alles ist klar, du kannst jetzt kommen!"

Er springt auf und ist mit ein paar schnellen Schritten im Schlafzimmer. Marilyn ist zugedeckt und hat das Baby bei sich. Sie wirkt sehr erschöpft und ist schrecklich blass. Sie lächelt ihn an und sagt: „Du darfst dich zu mir auf das Bett setzen."

Vorsichtig setzt er sich und sieht ihr Kind an. Es hat wenige schwarze Haare und blaue Augen. Er sagt scherzend zu Marilyn: „Wieso hat unser Kind so blaue Augen, hm?"

Marilyn grinst ihn an. „Das ist bei fast jedem Baby so, die werden noch dunkel werden."

Mickey beugt sich hinunter und gibt ihr und dem Baby einen Kuss auf die Nase. „Ach ja, fast hätte ich das vergessen, ist es ein Junge oder ein Mädchen?"

„Es ist ein Mädchen, tut mir leid."

Mickey ist sehr erfreut. „Das muss dir nicht leid tun. Nun haben wir eine kleine Ausführung von dir. Wenn sie einmal so hübsch wird wie du, müssen wir uns um fehlende Männer in der Familie keine Sorgen machen."

Er gibt ihr wieder einen Kuss auf die Wange und fragt: „Hast du dir schon einen Namen ausgedacht?"

„Nein, ich wollte das mit dir zusammen machen."

„Mein Vorschlag wäre Mercedes, nach deiner Mutter."

Marilyn strahlt. „Das ist eine schöne Idee. Da wird sich mein Vater freuen."

Mark Baker kommt herein, er trägt einen Stuhl und setzt sich zu den beiden. Er sieht Mickey an und lacht: „Bist du zufrieden mit dem Ergebnis?"

„Ja, sehr. Ich finde sehr schön, dass es ein Mädchen ist, wir haben hier sowieso zu wenige. Übrigens: Wir haben gedacht, dass wir die Kleine Mercedes nennen sollten. Was hältst du davon?"

Mark Baker ist sichtlich gerührt. Er wischt sich ein Auge und sagt dann leise: „Das ist das schönste Geschenk, das ihr mir machen konntet. Ich habe es mir insgeheim gewünscht, ich habe nicht darum bitten mögen."

Nun ist es beschlossen und wird auch später so im Geburtsregister stehen: Am zwölften April 1873: Mercedes Callaghan, Tochter von Marilyn und Mickey Callaghan.

Am Tag darauf reitet Matthew auf die Double-M. Er drückt Mickey die Hand und umarmt seinen Freund. „Meinen herzlichen Glückwunsch, mein lieber Mickey. Und wo ist deine Frau, liegt sie noch im Bett?"

Sie liegt nicht im Bett, sie kommt gerade zur Tür herein und schließt noch den obersten Knopf ihrer Bluse. „Ich habe unsere Tochter gerade gefüttert, nun schläft unsere kleine Mercedes."

Sie freut sich, Matthew zu sehen und gibt ihm einen Kuss auf die Wange.

Später sitzen Mickey und Matthew zusammen und sprechen über die Entwicklung im Tal. Mickey hat eine Frage an Matthew: „Hast du schon irgendwelche Pläne für den Tag, an dem keine Siedler mehr kommen werden?"

Matthew schüttelt den Kopf. „Es wird noch ein paar Monate dauern, bis es soweit ist. Da hast du Recht, der Zeitpunkt ist absehbar, warum fragst du? Du führst doch etwas im Schilde?"

Mickey schmunzelt. „Ich habe eine freie Stelle zu besetzen, ich benötige einen Leiter im Sägewerk. Da ist eine Menge zu organisieren, wie zum Beispiel Planung des Holzschlages, der Transport der gesägten Hölzer und Bretter, Kostenberechnung und so weiter. Das kann nicht jeder, dir traue ich das zu."

Matthew ahnt schon, während Mickey spricht, worauf er hinaus will und nickt. „Ich freue mich über deine hohe Meinung von mir. Ich will es gerne versuchen, zuerst muss die Arbeit in der Gillette Land Society erledigt sein."

Mickey ist erleichtert, genau das hatte er erwartet. Er beugt sich vor und gibt Matthew die Hand. „Willkommen als zukünftiger Leiter der Sägerei."

Joan und Marilyn kommen in das Zimmer und Joan erfährt von Matthews zukünftiger Stelle. Sie freut sich und umarmt Mickey. „Was hätten wir bloß ohne Dich angefangen?"

„Es ist mir eine große Freude, dass ich mein Glück mit anderen teilen kann", Mickey strahlt über das ganze Gesicht.

In der nächsten Woche, es ist jetzt Mitte April, kommt ein Wagen in den Ort Gillette. Auf dem Wagen ist eine bunte Gruppe von Männern. Es stellt sich heraus, dass es zwei Landvermesser und zwei Ingenieure sind. Begleitet wird der Wagen von zwei Reitern. Die Männer auf den Pferden sind Waldläufer. Der Wagen und die beiden Reiter halten vor dem Büro der Gillette Land Society und einer der beiden Ingenieure betritt das Büro. Er wendet sich an Matthew: „Sind Sie Matthew Richmond?"

Matthew nickt und ergreift die angebotene Hand. „Ja, der bin ich, willkommen in Gillette. Welchen Wunsch kann ich Ihnen erfüllen?"

„Ich bin Daniel Redcliff. Ich bin mit meinen Kollegen im Auftrag der Union Pacific unterwegs, um die neue Eisenbahnstrecke nach Fleetwood zu planen", er sieht Matthew an. „Außerdem soll ich Ihnen Grüße von General Dodge ausrichten."

Matthew freut sich und schiebt seinem Besucher einen Stuhl hin. „Das ist schön, das freut mich wirklich! Erzählen Sie bitte mehr." „Wir sind gebeten worden, mit dem Landvermesser, der für Sie arbeitet, Kontakt aufzunehmen. Wir haben gehört, dass es bereits einen Entwurf für die Streckenführung in diesem Tal gibt."

„Ja, das ist richtig." Matthew steht auf und geht an die Karte, die an der Wand befestigt ist.

„Unser Landvermesser, Clint Wagner, hat mit Einheimischen, die mit unserer Gegend vertraut sind, eine Strecke ausgetüftelt. Die ist auf dieser Karte bereits gestrichelt eingezeichnet."

„Das ist ja interessant", sagt der Ingenieur und stellt sich auch vor die Karte. „Unsere letzte Planung endet hier", er zeigt auf einen Punkt am Rand der Karte, „das passt perfekt mit der Planung Ihres Mister Wagner zusammen. Sehr schön, das erspart uns einige Arbeit. Wir werden den Verlauf der Strecke überprüfen und gegebenenfalls unverändert übernehmen."

Er erkundigt sich: „Wo können wir Mister Wagner treffen? Ich würde gerne mit ihm sprechen."

Matthew zeigt auf die Karte und tippt mit dem Finger auf die Gebäude der Breckinridge Ranch. „Hier, das ist sein

Stützpunkt. Von dort aus führt er die Planung im Tal durch."

Der Beauftragte der Bahn sieht auf die Karte und prägt sich die Lage der Ranch ein. „Wie kommen wir über den Fluss?"

Matthew zeigt auf einen Punkt am Brazos River. „Hier ist eine Furt. Eine Brücke ist im Bau, es wird noch etwa einen Monat dauern, bis sie fertig ist."

„Na, wunderbar. Wir machen uns gleich auf den Weg. Vielen Dank, Mister Richmond."

Er nickt den Anwesenden im Büro zu und geht auf die Straße. Matthew ist ganz aufgewühlt. Er ist nicht ganz unschuldig daran, dass die Bahn jetzt hier entlang gebaut wird. Von dieser Begegnung muss er unbedingt bei der nächsten Gelegenheit Mickey berichten!

Ein paar Tage später passiert etwas Merkwürdiges. Matthew sitzt im Büro und zeigt einem Siedler die noch freien Parzellen auf der Karte, da dringt von draußen ein seltsamer Lärm herein. Zuerst leise, dann wird es immer lauter. Matthew kann sich nicht erinnern, solche Töne schon einmal gehört zu haben und geht neugierig auf die Straße.

Es sind Schafe! Eine Schafherde wird die Straße entlang getrieben. Matthew kann vier Männer und mehrere Hunde erkennen. Die Hunde sind mittelgroß, weiß mit schwarzen Flecken und halten die Schafe zusammen. Einer der Männer löst sich von der Gruppe und kommt auf Matthew zu. Er zeigt auf das Schild über Matthews Kopf und fragt: „Sind Sie der Leiter dieses Büros?"

Matthew nickt. „Ja, da sind Sie bei mir richtig. Kommen Sie doch herein."

Matthew erfährt, dass der Mann, er heißt Duncan MacBreed, im vorigen Jahr schon mal zur Erkundung hier war. Er erzählt: „Meiner Meinung nach ist die Gegend ideal für die Schafzucht. Ich komme aus Irland und kenne mich mit

Schafen aus. Der besondere Vorteil ihres Landes ist, das wir nicht mit großen Ranchern konkurrieren müssen."

Matthew gibt ihm Recht. „Richtig, die Rinderzüchter sind auf der Westseite des Brazos River, die Siedler auf der Ostseite. Mit den Siedlern werden Sie sicher keine Probleme haben."

Er tritt mit dem Schafzüchter an die Karte, um ihm die noch freien Parzellen zu zeigen. Die Parzellen sind im Durchschnitt 550 Yard (500 Meter) breit und 1440 Yard (1300 m) lang. Der Schafzüchter sieht sich das an und sagt: „Haben sie ein Stück Land, an der zwei benachbarte Parzellen frei sind? Ich würde gerne zwei kaufen."

Matthew kann das Gewünschte anbieten und freut sich, dass er wieder an einen Barzahler geraten ist. Die beiden Männer setzen sich hin und füllen den Kaufvertrag aus.

Auf der Straße herrscht einige Unruhe. Die Schafe machen durch ihr Blöken viel Lärm, dazu bellen die Hunde immer wieder. Einige der Anwohner sind gekommen und schimpfen mit den drei Hirten. Es fallen Worte wie »Stinker« und »Weidezerstörer«.

Matthew Richmond und Duncan MacBreed gehen auf die Straße und versuchen, die aufgeregten Passanten zu beruhigen. „Was habt Ihr denn gegen die Schafe?", fragen sie und versuchen die Gründe für die Aufregung zu erkunden. Als die Anwohner erfahren, dass der Schafzüchter eine abgegrenzte Parzelle im neuen Siedlungsgebiet erhält, werden sie ruhiger. Als er dann noch verspricht, seine Weide einzuzäunen, geben die meisten Anwohner Ruhe. Duncan MacBreed dreht sich zu Matthew um. „Da können Sie sehen, wie wir mit unseren Tieren überall empfangen werden. Ich musste natürlich die Gelegenheit ergreifen und ein Gebiet erwerben, das nicht von Rinderbaronen beherrscht wird, der Ärger wäre sonst garantiert gewesen."

Matthew wünscht den Schafzüchtern noch einen guten Weg und sieht zu, wie die Herde langsam den Ort verlässt.

Zwei Wochen später kommt ein Reiter und hält vor dem Büro der Gillette Land Society. Er ist gut gekleidet und trägt eine dunkle Stoffjacke. Er steigt ab und kommt in das Büro. Matthew sieht auf und staunt. „General Dodge!", ruft er aus und steht auf. Die beiden Männer begrüßen sich. Matthew bittet den General hereinzukommen und bietet ihm einen Stuhl an.

Der General beginnt zu erzählen: „Es freut mich, Sie zu sehen, Mister Richmond, ich komme leider mit schlechten Nachrichten."

Matthew ist überrascht, General Grenville Dodge sieht nicht sehr glücklich aus. Dann fährt der fort: „Sie werden es vielleicht nicht wissen, zur Zeit herrscht ein Wirtschaftskrieg zwischen Vanderbilt, dem Eisenbahnkönig und Besitzer der Union Pacific, und Rockefeller, dem Beherrscher des amerikanischen Ölgeschäftes. John D. Rockefeller boykottiert zurzeit die Eisenbahnen von Mr. Vanderbilt, um geringere Transportkosten durchzusetzen. Deshalb gehen die Geschäfte von Cornelius Vanderbilt schlecht und damit ist an eine Fertigstellung der Eisenbahn nach Fleetwood nicht zu denken."

Matthew ist betroffen, die Nachricht hat seinem bisherigen Hochgefühl einen empfindlichen Dämpfer versetzt. Er fragt General Dodge: „Und wie beurteilen Sie die weitere Entwicklung?"

Der General überlegt einen Moment. „Es wird weitergehen, da bin ich sicher. Jedoch wird dieses Jahr wohl nichts mehr passieren." Er sieht zu Matthew auf: „Wie geht es Ihrem Chef, dem bemerkenswerten Mister Callaghan?"

„Dem geht es gut. Er hat mit dem Verkauf der Ostseite des Tales und mit seinem neuen Sägewerk genau die richtige Strategie eingeschlagen."

„Das freut mich zu hören. Leider habe ich keine Zeit mehr, ihn aufzusuchen. Ich bin übrigens aus den Diensten der Union Pacific ausgetreten."

Matthew ist überrascht. „Was werden Sie nun machen?"

General Dodge freut über die Anteilnahme von Matthew. „Keine Sorge, junger Mann. Ich werde nicht arbeitslos."

Er lächelt und fährt fort. „Ich bin jetzt Präsident einer kleineren Eisenbahngesellschaft im Bereich New York und ich habe noch mindestens zwei weitere Posten als Aufsichtsratsvorsitzender in weiteren Eisenbahngesellschaften in Aussicht."

Matthew ist beruhigt. General Dodge ist ihm von Anfang an sehr sympathisch gewesen. „Ich wünsche Ihnen viel Erfolg für Ihre Zukunft." Der General muss nun wieder aufbrechen, er erhebt sich und verabschiedet sich von Matthew, nicht ohne ihm die Versicherung abzunehmen, Mickey Callaghan von ihm zu grüßen.

Ein Reiter kommt in den Ort. Er ist etwa vierzig Jahre alt, reitet ein braunes Pferd und sitzt in einem Sattel mit Silberbeschlägen. Er ist gekleidet wie ein Geschäftsmann, mit einer dunklen Stoffjacke und einen Revolver am Gürtel. Er hält vor den beiden Saloons und betritt den »Red Bull«. Seitdem dieser Saloon einen neuen Besitzer hat, wird genauso gerne besucht wie der »Cattlemens Palace«.

Der Besuch eines Fremden spricht sich immer schnell herum, besitzt er außerdem einen auffälligen Sattel, dann erfährt es bald der ganze Ort. Die Kunde dringt auch zu Marshall Taylor. Ein Junge springt in sein Office. „Marshall! Marshall!"

„Ja, doch. Ich höre dich, du brauchst nicht so zu schreien. Was hast du denn Wichtiges?"

„Vor dem Red Bull steht ein Pferd. Und das hat einen Sattel mit silbernen Beschlägen!"

Der Junge ist ganz außer Atem. Der Marshall fragt nach: „Und was ist mit dem Mann?"

„Äh, ja. Der Mann ist im Red Bull. Sie haben doch mal nach so einem Sattel gefragt, nicht wahr, Marshall?" Der Junge rennt wieder fort zu seinen Freunden.

Marshall Taylor kratzt sich am Kopf. Ja richtig. Da war doch etwas mit einem Überfall auf die Postkutsche im September vorigen Jahres. Er steht langsam auf und geht zum Saloon. Er stößt die Schwingtür auf und tritt in den Schankraum. Draußen herrscht heller Sonnenschein, sodass er im Licht der beiden Petroleumlampen zuerst nichts erkennen kann. Er wartet einen Moment, dann stellt er sich in die Mitte des Raumes und ruft: „Wem gehört der Braune da draußen mit der Silberverzierung?"

Alle Gäste drehen sich um. Einer von Ihnen steht auf. „Mir! Gibt es damit ein Problem?"

Der Marshall zieht seinen Revolver. „Jetzt komm mal, Bürschchen! Lass deinen Revolver stecken und halte die Hände still, dann passiert dir nichts!" Er dirigiert den heftig protestierenden Mann zu seinem Büro, nimmt ihm die Waffe ab und sperrt ihn in eine Zelle.

„Das können Sie doch nicht machen, Marshall! Ich habe nichts getan!"

„Doch! Du hast letztes Jahr im September mit zwei weiteren Männern die Postkutsche von Cheyenne auf dem Weg hierher überfallen. Dabei wurde ein Mann getötet und der Kutscher verletzt."

„Das war ich nicht Marshall, Ehrenwort!"

„Das werden wir sehen. Es gibt einen Augenzeugen dafür. Der hat deinen auffälligen Sattel bemerkt und mich informiert."

Der Mann scheint erleichtert. „Den Sattel habe ich erst seit vier Wochen. Den habe ich in Cheyenne jemandem abgekauft." Dann fügt er noch hinzu: „Ich soll einen Job als zweiten Kassierer in Ihrer Bank bekommen. Sie können sich dort nach mir erkundigen. Mein Name ist Simon Brooksbank."

„Das kann ja jeder behaupten", sagt der Marshall. „Die Bank willst du wohl überfallen, das kann ich mir gut vorstellen." Er macht eine kurze Pause und fährt fort: „Ich werde den Zeugen erst einmal kommen lassen, bis dahin bleibst du im Loch. Um dein Pferd kümmern wir uns."

Der Mann schimpft noch lautstark und beteuert immer wieder seine Unschuld, der Marshall lässt sich nicht erweichen. Er geht zum Büro der Gillette Land Society und spricht mit Matthew Richmond.

„Sag mal, Matthew, wann kommt Clint mal wieder hierher?"

„Das kann ich dir nicht sagen. Worum geht es denn?"

„Ich habe einen Mann festgesetzt, der könnte einer der Posträuber vom letzten Jahr sein. Du kannst dich bestimmt erinnern, Clint Wagner hatte davon erzählt."

„Ja, ich erinnere mich. Hatte Clint nicht gesagt, dass er kein Gesicht erkennen konnte, da alle sich ein Tuch davor gebunden hatten?"

„Ja, das stimmt. Trotzdem, er muss sich den Gefangenen ansehen. Bis dahin bleibt dieser in Gewahrsam."

Matthew möchte die Nachricht an Clint Wagner weitergeben, das ist für ihn ein willkommener Anlass, seine Joan zu besuchen, die in der Nähe von Clints Arbeitsplatz ihr kleines Haus bewohnt.

Der Tag neigt sich dem Ende zu, die Schatten werden länger und blasser. Matthew holt sein Pferd aus dem Stall hinter dem Büro, sattelt es und reitet in flottem Galopp. Die letzten Tage hatte es viel geregnet, ab und zu spritzt Wasser, wenn sein Pferd durch eine Pfütze läuft.

Sein erstes Ziel ist die ehemalige Breckinridge Ranch. Clint sitzt draußen auf einem Stuhl und genießt die Sonne.

„Hallo, alter Knabe!", begrüßt Matthew den Kollegen. Der sieht zu Matthew hoch und ist erfreut über seinen Besuch.

Matthew holt sich einen weiteren Stuhl und beide genießen die letzten Strahlen der Abendsonne. Matthew berichtet von dem Mann mit dem Sattel mit den Silberbeschlägen.

„Die Gesichter habe ich nicht erkannt", beteuert Clint.

„Das habe ich dem Marshall schon gesagt. Er möchte trotzdem, dass du kommst und dir den Mann ansiehst. Solange will er ihn eingesperrt lassen."

„Na, gut", antwortet Clint. Bei der Gelegenheit kann ich eure Karte mal wieder aktualisieren. Ich werde morgen kommen, das kannst du dem Marshall schon bestellen."

Matthew erzählt von seiner neuen Tätigkeit in Mickeys Sägewerk. „Sobald mir meine Arbeit in der Gillette Land Society Zeit dazu lässt, soll ich damit beginnen."

Dann hält es Matthew nicht mehr länger, er verabschiedet sich und reitet das kurze Stück zu seiner Freundin. Joans Hund ist schon ein Stück gewachsen. Laut bellend kommt er Matthew entgegen und springt aufgeregt um das Pferd herum. „Snow White!", ruft Matthew zu dem Hund. „Hallo, Snow White! Da freust du dich, dass ich komme, nicht wahr!"

Joan hört das Gebell des Hundes. Sie erkennt am Ton, dass es ein Bekannter sein muss und kommt aus dem Haus. Matthew springt vom Pferd und beide laufen aufeinander zu und nehmen sich in den Arm. Matthew strahlt sie an. Ihre Wangen sind gerötet und sie hat eine gesunde Gesichtsfarbe von der Arbeit im Freien, hübsch sieht sie aus.

„Dir gefällt es hier draußen, nicht wahr?", sagt er und zieht sie an sich. Sie lächelt und drückt sich an ihn.

„Ich bin so glücklich, das kannst du dir nicht vorstellen."

„Doch, ich kann", antwortet Matthew, „ich bin auch glücklich mit dir."

„Ich habe jetzt den ganzen Tag zu tun", sagt sie und nimmt ihn an die Hand, „du musst dir mal meine Hühner ansehen Ich habe den neuen Zaun etwas eingegraben, sie graben sich sonst unter dem Draht durch"

Matthew begleitet sie hinter das Haus. Die Hühner haben einen Stall im neuen Anbau bekommen, draußen ist ein Stück der Wiese eingezäunt, dort laufen sie jetzt herum. Joan hat jetzt drei Hühner und einen Hahn. Stolz betrachtet Joan ihre Tiere, dann sagt sie: „Morgen werde ich uns ein Ei kochen, das wird dir sicher gefallen. Ein Ei von unseren eigenen Hühnern!"

Matthew freut sich über ihren Eifer. Snow White steht am Zaun und sieht durch die Maschen hindurch. Inzwischen haben sich die Hühner an den Hund gewöhnt.

Den Anbau hat Matthew vor kurzem fertiggestellt, das Holz dazu hat er vom neuen Sägewerk. Der Anbau hat ein verlängertes Dach, das den Platz vor der Eingangstür überdeckt, es findet auch ein Wagen und ein Pferd Platz darin. Einer Eingebung folgend, hat Matthew den Mittelteil des Anbaus als Zimmer mit Fenster und einer Verbindungstür in die Küche versehen. So haben sie noch Platz zum Beispiel für einen Gast, denn dafür ist das übrige Haus zu klein. Ganz hinten befinden sich der Hühnerstall und ein Vorratsraum.

Am nächsten Morgen gibt es für jeden ein frisches Ei, dazu selbst gebackenes Brot und Marmelade. Joan hat sich eine hübsche Schürze umgebunden und Matthew freut sich an dem Eifer, mit dem sie in der Küche tätig ist. Der Tag ist heute wieder schön und er mag seine Freundin gar nicht zurücklassen. Matthew muss los, er steigt auf sein Pferd und reitet in Richtung Breckinridge Ranch. Die Ranch liegt ohnehin auf seinem Weg, vielleicht ist Clint noch bei der Arbeit, dann können sie gemeinsam nach Gillette reiten.

Clint ist noch nicht fort, er hat noch eine Kleinigkeit zu erledigen. Matthew nutzt die Gelegenheit, ihn über seine

Arbeit zu befragen. „Wie lange wirst du hier noch beschäftigt sein?"

Clint überlegt. „Ich habe etwa achtzig Prozent der Parzellen vermessen und in den Plan eingetragen. Dazu habe ich die möglichen Straßen in die Karte eingezeichnet. Wenn du mich so fragst - ich glaube, ich werde Ende des Jahres fertig sein."

„Und was machst du dann?"

„Tja, ich gehe dann wieder nach Laramie, zurück zu meinem Arbeitgeber. Ich verlasse euch nur ungern, ich habe gerne mit dir und Mickey zusammengearbeitet." Er räuspert sich und hat einen Kloß im Hals.

Clint hat seine Unterlagen gepackt und sie reiten los. Seit einer Woche ist die Brücke über den Brazos River und ein Teil der neuen Straße fertig, diese Strecke benutzen sie jetzt. Laut klappern die Hufe über die Holzbrücke. Sie hat einen Überbau und ist eine sogenannte »Hausbrücke«. Diese Konstruktionen sind haltbarer, weil das Holz der Brücke besser gegen die Witterung geschützt ist.

In Gillette angekommen, steigt Clint zuerst beim Büro des Marshalls ab und geht hinein. „Howdy, Mister Taylor", „Sie haben einen Gefangenen?"

„Ja, der ist hinten in der Zelle. Kommen Sie bitte mit", sagt der Marshall und geht voraus.

Der Mann, Simon Brooksbank, sitzt auf der Pritsche und blickt missmutig zu den beiden Männern. Der Marshall sieht zu Clint Wagner. „Erkennen Sie den Mann wieder?"

Clint besieht sich den Mann genau, doch dann schüttelt er den Kopf. „Nein gar nicht, wie ich schon sagte, die Räuber hatten sich ein Tuch vorgebunden."

„Ich bin kein Räuber!", schimpft der Gefangene, „holen Sie doch endlich jemanden von der Bank, um meine Version zu überprüfen!"

„Gemach, gemach", sagt der Marshall, „woher, beziehungsweise von wem, haben Sie den Sattel?"

„Den habe ich von einem Unbekannten in Cheyenne gekauft. Mir gefiel der Sattel und ich habe den Mann angesprochen. Ich glaube, er wollte ihn sowieso loswerden. Jetzt weiß ich auch warum", sagt er düster.

„Gut. Ich werde jetzt zur Bank gehen und die Angestellten dort fragen, ob sie etwas von einem neuen Mitarbeiter wissen", bietet sich Clint an. Keine fünf Minuten später ist er wieder zurück. „Ich glaube, Marshall, Sie müssen Ihren Gast hier wieder entlassen, in der Bank wartet man bereits auf einen Simon Brooksbank."

Widerwillig öffnet der Marshall die Zelle, dann fragt er den Delinquenten: „Gut, ich will Ihnen mal glauben. Zwei Fragen habe ich noch: Erstens, warum tragen Sie eine Waffe und zweitens, haben Sie eventuell einen Kaufbeleg für den Sattel?"

Simon Brooksbank sieht noch verärgert drein, seine gute Laune kehrt nur langsam zurück. „Für die Bewerbung war es erforderlich, mit einer Waffe umgehen zu können. Die Kassierer dieser Bank sollen sich wehren können. Und zweitens, ja, ich habe einen Kaufbeleg für den Sattel. Der ist in der Satteltasche. Wenn ich jetzt endlich mein Pferd holen dürfte, dann kann ich Ihnen den Vertrag zeigen."

Der Marshall hebt begütigend die Hände. „Ich bitte um Entschuldigung. Ich finde jedoch, zuerst einsperren ist besser als zuerst erschossen zu werden."

Er geht hinter Simon Brooksbank her zum Livery Stable. Dort zeigt der neue Kassierer dem Marshall den Zettel über den Kauf. Leider ist die Unterschrift völlig unleserlich.

„Hm, das hilft nicht weiter", brummt der Marshall, „können Sie den Verkäufer beschreiben?"

„Gut, ich will es versuchen. Er war vielleicht dreißig Jahre alt, trägt einen Schnauzbart und hat braune Haare."

„Na toll", sagt der Marshall, "dann muss ich jeden zweiten einsperren. Überlegen Sie mal, fällt Ihnen nicht noch etwas ein?"

Simon Brooksbank überlegt. „Er hatte eine Narbe über dem linken Auge. Und sein Revolver hatte einen Perlmuttgriff!"

„Na bitte, das ist doch wenigstens etwas." Der Marshall murmelt nochmals eine Entschuldigung und der Kassierer reitet in Richtung Bank, seiner zukünftigen Wirkungsstätte entgegen.

In seinem Büro sieht sich der Marshall die Steckbriefe an und liest die Beschreibung der gesuchten Verbrecher. Die Bilder sind nicht sonderlich gut zu gebrauchen. Dann findet er einen, der hat eine Narbe über dem linken Auge. Sein Name ist Stacy Goddard. Er wird gesucht wegen Mordes und mehrfachen Postkutschenraubes. Die Zeichnung gibt nicht viel her, der Mann auf dem Bild könnte jeder sein.

Heute kommen wieder einige Siedler an. Es werden jedoch jeden Tag weniger. Eben hält ein Wagen vor dem Büro, der von einem Jungen gelenkt wird. Der Junge steigt ab und kommt in das Büro. Er bleibt in der Nähe der Tür stehen und wartet bis Matthew ihn anspricht.

„Hallo, mein Junge, was kann ich für dich tun?" Matthew sieht sich den Jungen genauer an. Er mag vielleicht sechzehn Jahre alt sein. Er ist furchtbar mager und kämpft gerade mit den Tränen. Matthew nimmt ihn bei der Hand und zieht ihn zu dem Stuhl an seinem Schreibtisch. „Jetzt setz dich erst mal und erzähle ganz von Anfang an."

Der Junge wischt sich die Augen und spricht mit leiser Stimme. „Unsere Eltern sind tot. Sie sind auf dem Weg hierher krank geworden. Zuerst ist unser Vater gestorben und dann unsere Mutter." Er kann die Tränen nicht mehr zurückhalten und fängt an zu schluchzen.

„Aber, aber", versucht Matthew ihn zu trösten und nimmt den Jungen in den Arm. "Hier kann dir sicher geholfen werden."

Der Junge sammelt sich und spricht leise weiter. „Es sind noch zwei Schwestern von mir auf dem Wagen. Wir haben seit einer Woche nichts mehr zu essen gehabt."

Matthew springt auf. „Wir müssen sofort etwas unternehmen. Komm mit!" Er läuft hinaus und sieht in den Wagen. Zwei Mädchen liegen hinten auf einer Decke. Der Junge erklärt: „Meine Schwester Josephine ist vierzehn und die kleine dort ist meine Schwester Kimberley, sie ist gerade zwölf." Er macht eine Pause und stellt sich vor: „Und ich bin Tom Pearce, ich bin sechzehn Jahre alt."

Matthew überlegt. Denn geht er rasch in das Büro und ruft seinen Kollegen, der aus dem Telegrafenraum stürzt.

„Was gibt es, Matt?"

„Du musst mal schnell den Arzt holen. Da draußen sind drei Kinder, die muss er sich ansehen. Vielleicht sind sie nur entkräftet, das soll er überprüfen."

Sein junger Kollege saust los in Richtung Arzt. Während Matthew auf dessen Ankunft wartet, versucht er die Kinder zu befragen. Die Mädchen liegen unter der Decke und sehen ihn nur apathisch an, lediglich der Junge ist in der Lage, seine Fragen zu beantworten.

Der Arzt kommt mit raschen Schritten, Matthew dirigiert ihn sofort zu dem Wagen. Er steigt auf und untersucht die Kinder, er sieht ihnen in die Augen, fühlt nach erhöhter Temperatur, tastet nach dem Puls und horcht sie ab. Dann kommt er heraus und nimmt sich zuletzt den Jungen vor. Er befragt ihn nach den Symptomen seiner Eltern, damit er deren Todesursache und die Krankheit diagnostizieren kann.

Der Arzt überlegt und stützt nachdenklich sein Kinn in die Hand. Dann beginnt er zu sprechen.

„Die Eltern sind wahrscheinlich an Cholera gestorben, dafür sprechen der Durchfall und die spitze Nase, von denen der Junge erzählt hat. Sie haben anscheinend verseuchtes Trinkwasser getrunken. Die Kinder sind gottseidank gesund. Seit über zwei Wochen sind die Eltern tot und bei den Kindern sind die Symptome nicht aufgetreten. Sie sind nur völlig verhungert und verwahrlost. Ich frage mich nur, was fangen wir jetzt mit ihnen an?"

Matthew zerbricht sich auch den Kopf. „Ich habe einen Vorschlag: Wir sollten sie für heute Nacht bei Mistress Barrymore unterbringen, sie hat - soweit ich weiß - noch etwas Platz. Und danach sehen wir weiter."

Matthew steigt auf den Kutschbock und lenkt das Gespann zu dem Haus der Witwe Barrymore. Dort angekommen, geht er hinein und spricht mit der alten Dame. Sie kennt das schon, sie hat mit ihrem großen Haus schon häufig helfen können, so auch dieses Mal. Mathew geht wieder hinaus und trägt zuerst das jüngere Mädchen hinein, dann das ältere. Beide kommen in ein Bett. Mistress Barrymore zieht sie aus und wäscht sie vorsichtig. Sie geht in die Küche und bereitet eine Gemüsesuppe zu.

Der Junge kann selbstständig gehen und geht vor Matthew ins Haus. Trotz seines völlig ausgemergelten Körpers macht er einen kräftigen Eindruck, er ist für seine sechzehn Jahre recht groß und hat breite Schultern. In Matthew keimt eine Idee.

Matthew hat wie immer, wenn er nicht über Nacht in sein Heim fährt, in seinem Zimmer hinter dem Saloon geschlafen. Heute führt ihn sein erster Weg zu der Witwe Barrymore. Sie hat sich der Kinder angenommen und Frühstück zubereitet. Die warme Suppe von gestern zeigt schon erste Ergebnisse, die Mädchen liegen zwar noch im Bett, machen jedoch einen wachen Eindruck. Der Junge ist soweit, dass er der Witwe bei der Versorgung seiner Schwestern helfen kann.

Die Witwe sieht ihn an. „Noch zwei Tage, dann können die Mädchen aufstehen. Wir müssen jemanden finden, der ihnen Kleider geben kann. Ihr altes Zeug ist völlig entzwei und kaum zu reparieren."

Matthew verspricht, sich darum zu kümmern und verabschiedet sich von der Witwe. Er geht sinnend auf dem Boardwalk entlang. Sein Weg führt ihn zur Schmiede. Peter O'Connell kniet vor einem Pferd und passt ein Hufeisen an. Ein zweites Pferd steht dabei, der Reiter sitzt auf dem Bürgersteig und sieht zu.

Der Schmied grüßt seinen Freund. „Mach es kurz, bei mir stehen sie schon Schlange."

„Eben darum bin ich hier", sagt Matthew. „Wie sieht es mit einem Gehilfen aus?"

Der Schmied winkt ab. „Es haben sich schon manche vorgestellt, das waren alles Pfeifen. Bis jetzt bin ich alleine."

Matthew erzählt die Geschichte der Kinder, die gestern angekommen sind. Er erwähnt den Jungen, wie er alleine seine Schwestern hierhergebracht hat. So nebenbei erwähnt er noch, dass der Junge - wenn er denn ordentlich ernährt wird - mal einen kräftigen Burschen abgeben wird. Bei Peter O'Connell findet er ein offenes Ohr.

„Du weißt, ich bin immer bereit zu helfen. Bring mir den Jungen doch mal her, ich sehe ihn mir gerne einmal an."

Dann wendet er sich wieder dem Pferd zu. Er fasst das Hufeisen mit der Zange und geht damit zur Esse. Matthew schmunzelt und freut sich über die Zusage von Peter O'Connell. Er geht in Richtung seines Büros und sieht von weitem schon den kleinen Einspänner davor stehen, den Joan immer benutzt. Er gehört ihr nicht, wenn sie ihn sich noch häufiger ausleiht, weiß das irgendwann keiner mehr. Matthew beschleunigt seine Schritte, da kommt Joan aus dem Büro heraus und sieht sich suchend um. Er hebt den Arm und winkt, bis sie ihn erkennt. Sie läuft auf ihn zu, so schnell es ihr langes Kleid zulässt und fliegt in Matthews Arme.

Er berichtet ihr die Geschichte von den Kindern. Joan ist sofort vom Mitleid überwältigt. „Die Armen! Da müssen wir unbedingt etwas machen. Lass uns jetzt gleich zu der Witwe Barrymore gehen!"

Auf dem Weg dahin erfährt Matthew ein weiteres Detail aus Joans Geschichte. Während des Bürgerkrieges hatte eine Gruppe Soldaten die Farm ihrer Eltern besetzt. Der Vater war erschossen worden. Ihre Mutter war von den Soldaten vergewaltigt worden und hatte diese Tortur nicht lebend überstanden. Joan gelang es, sich zu verstecken, bis die Soldaten verschwunden waren.

„Dann war ich ganz alleine. Plötzlich war ich Waise." Sie schweigt eine Weile, dann erzählt sie leise weiter.

„Unsere Farm war damals etwa 80 Meilen von New Orleans entfernt. Ich habe meine Eltern begraben und mich dann dorthin aufgemacht, um Arbeit zu finden. Wie es dann weiterging, weißt du ja. In einem Bordell bin ich gelandet, das hatte ich mir ganz anders gedacht."

Sie erreichen das Haus der Witwe und treten ein. Den Mädchen geht es viel besser. Sie gucken aufmerksam umher und sind in der Lage, Fragen zu beantworten. Joan setzt sich zu ihnen auf das Bett.

„Seid Ihr süß!", sagt sie und herzt die beiden. Matthew ahnt, beziehungsweise hofft, was jetzt kommt. Joan sitzt auf einem der Betten und sieht zu ihm hoch, dann sagt sie: „Ich möchte gerne beide Mädchen bei uns aufnehmen. Sie erinnern mich so sehr an mein eigenes Schicksal. Sie sollen es mal besser haben als ich. Was hältst du davon?"

Matthew lächelt. Genau das hatte er sich erhofft. „Das ist in Ordnung. Ich freue mich über deine Entscheidung. Ich werde mit dem Arzt sprechen und ihn fragen, wann die beiden transportiert werden können."

Joan freut sich und umarmt ihn. Matthew erzählt von seinem Besuch bei dem Schmied. Wahrscheinlich kann der Junge bei Peter O'Connell in der Schmiede Arbeit finden.

„Oh, das ist schön! Dann sind die Geschwister nicht zu weit voneinander entfernt."

„Na, ja. So nah ist es auch nicht. Wir können Tom mit den Mädchen besuchen, oder er kommt mal zu uns. Er wird dann sicher reiten können."

Matthew kommt heute Morgen aus dem Saloon. Nein, eigentlich nicht aus dem Saloon, sondern aus dem kleinen Zimmer hinter dem Saloon, das er mitunter benutzt. Er geht die Straße entlang zum Boarding House, um dort das gute Frühstück zu genießen. Laut poltern die Schritte seiner Stiefel auf dem hölzernen Bürgersteig. Er ist jetzt an der Ecke zur Nebenstraße, in der sich das Boarding House befindet, da stutzt er. In dem kleinen Haus, das sich dort befindet und bis jetzt leer gestanden hatte, tut sich etwas. Eine junge Frau steht auf einer Leiter und bemüht sich, ein Reklameschild anzubringen. Sie ist schlank und hat lange braune Haare.

„Kann ich Ihnen helfen, Ma'am?", fragt Matthew und tippt an seinen Stetson.

Sie lächelt zaghaft. „Für mich alleine ist das doch schwieriger, als ich mir das gedacht hatte. Es wäre sehr lieb von Ihnen, wenn Sie das eine Ende meines Schildes festhalten würden."

Kein Problem für Matthew. Er schnappt sich einen Bock, steigt darauf und hält es hoch, während die junge Frau einen Nagel einschlägt. Er sieht auf das Schild, dort steht in großen Buchstaben: »Karin's Schocolade and Candy Shop«.

„Was wollen Sie verkaufen? Was darf ich unter »Candy-Shop« verstehen?"

„Das sind Bonbons, eine Art Süßigkeit. Ich stelle sie selbst her. Wenn Sie mögen, gebe ich Ihnen zur Belohnung eine Handvoll mit."

„Nur zu. Ich bin mal gespannt, wie die schmecken werden. Glauben Sie, dass Sie mit Süßigkeiten ein Geschäft betreiben können?"

„Da bin ich selbst gespannt. Bis jetzt habe ich den Eindruck, dass es diesem Ort besser geht, als vielen anderen. Wenn das Geschäft überhaupt laufen wird, dann hier."

Das Reklameschild ist schnell befestigt. Matthew erhält eine Handvoll Bonbons und nimmt einen davon in den Mund. Er lutscht darauf herum. „Das schmeckt richtig lecker. Ich habe eine Idee. Wenn sie mir eine Tüte voll verkaufen, stelle ich sie für die Kinder der Siedler in mein Büro."

„Die können Sie umsonst bekommen. Sie müssen nur jedem erzählen, wo sie die Bonbons erhalten haben. Und - nicht vergessen - bei mir können Sie auch Schokolade bekommen."

„Was ist das denn, davon habe ich noch nie etwas gehört."

„Die wird aus Kakao hergestellt. Die fertige ich nicht selbst, die lasse ich mir aus England kommen. Ich habe schon eine Bestellung aufgegeben. Wissen Sie was, davon gebe ich Ihnen für Reklamezwecke auch ein paar Stücke mit."

Die junge Frau verschwindet in ihrem Laden und kommt dann mit einer gefüllten Papiertüte wieder zurück.

„Hier bitte! Und die Reklame nicht vergessen!"

Matthew bedankt sich und setzt seinen Weg zum Boarding House fort.

Der Geldschrank

Drei Reiter kommen in die Stadt geritten. Sie sind wie Cowboys gekleidet und tragen Waffen in ihrem Gürtel. Einer der Männer trägt einen Revolver mit Perlmuttgriffen. Sie lassen ihre Pferde zwischen den beiden Saloons halten und betreten dann den Red Bull, setzen sich an einen der Tische und bestellen etwas zu trinken. Aufmerksam beobachten sie die anderen Gäste im Saloon. Sie strecken ihre vom Reiten müden Beine aus, zwei holen ihren Tabakbeutel aus der Brusttasche und drehen sich eine Zigarette. Einer wird von ihnen wird mit Pinky angesprochen. Dieser Pinky neigt sich jetzt zu seinem Nebenmann, der trägt einen Schnauzbart und hat braune Haare, bei näherem Hinsehen kann man eine Narbe über dem linken Auge sehen.

„Ich sag dir doch, Stacy, dieser Callaghan hat Geld wie Heu. In der Ranch des toten Ranchers steht ein Safe, der soll bis oben hin mit Geld gefüllt sein."

Stacy ist skeptisch und sieht ihn nachdenklich an. „Und woher weißt du das alles?"

„Ich war im letzten Oktober eine Woche lang hier. Einer von den Männern des toten Rinderbarons hat mir das erzählt. Es war einer von denen, der entlassen wurde, er war darüber so verärgert, dass er mir alles haarklein erzählt hat. Ich weiß auch genau, in welchem Raum der Geldschrank steht."

Stacy nickt bedächtig. „Das klingt schon vernünftiger. Ich werde mich morgen mal im Ort umhören. Vielleicht reite ich auch in die Nähe der Ranch von dem reichen Sack. Je mehr wir darüber wissen, desto besser."

Er macht eine Pause und sieht zu dem dritten Mann hin. „Und du, Johnny, was sagst du dazu?"

Johnny ist ein großer schlanker Mann mit kurzen, blonden Haaren. Er heißt eigentlich Sweet mit Nachnamen. Von denen, die ihn besser kennen, wird er jedoch Johnny Death genannt. Er ist der einzige von ihnen, der zwei Waffen an seinem Gürtel trägt. Pinky und Stacey haben ihn mitgenommen, weil sie einen schnellen Schützen brauchen. Denn der reiche Kerl, so erzählte Pinky, der sei ungewöhnlich schnell mit seinen zwei Revolvern. Johnny ist skrupellos, eine weitere Eigenschaft, die ihnen gefällt. Er spricht fast nie, das könnte auch ein Vorteil sein

Stacy ist noch nicht zufrieden. „Und wie öffnen wir den Safe, du Schlauberger? Mit Dynamit, oder wie hast du dir das gedacht?"

Pinky hat das schon lange durchdacht und antwortet gelassen. „Ganz einfach. Wir nehmen eine Geisel. Entweder die Frau von dem Callaghan oder Joan Carter. Die kenne ich noch aus Cheyenne, die lebt jetzt mit dem Freund von diesem Callaghan zusammen. Das klappt schon, wir müssen das Ding nur schnell und entschlossen durchziehen. Unser Johnny gibt uns Feuerschutz. Er klopft seinem Nachbarn auf die Hand, „nicht wahr, Johnny?"

Johnny zieht mürrisch seine Hand fort, er brummt und hebt sein Glas für einen Schluck.

Am Morgen geht der Schmied Peter O'Connell zu dem Haus der Witwe Barrymore und sieht sich die Kinder an. Er ist sichtlich erfreut, als die Frau ihm erzählt, dass die beiden Mädchen in den nächsten Tagen von Joan Carter und Matthew Richmond abgeholt werden sollen. „Das ist ja wunderbar. Dann brauchen wir uns darüber keine Gedanken mehr zu machen." Er wendet sich zu dem Jungen. „Was sagst du denn dazu, wenn deine Schwestern von hier fortgebracht werden?"

Der Junge zögert. „Die beiden werden mir fehlen, ich bin mir jedoch sicher, dass sie dort gut aufgehoben sind. Ich werde sie immer besuchen, so oft ich kann!"

Der Schmied sieht sich den Jungen an. Er gefällt ihm, er ist aufgeweckt und wirkt sehr neugierig. Und kräftig ist er auch, nur schrecklich abgemagert, das wird man wieder hinbekommen. „Würdest du gerne in einer Schmiede arbeiten?"

„Ja, sehr gerne, Sir. Ich mochte schon immer mit Pferden umgehen."

Peter lächelt, dann erklärt er dem Jungen etwas über das Schmiedehandwerk. „Schmied zu sein ist noch viel mehr, als nur Pferde zu beschlagen. Du musst schmieden können, dass heißt, du musst verstehen, Stahl richtig zu behandeln, die Esse zu bedienen, du musst wissen wie man härtet und den Stahl noch verbessert." Er sieht den Jungen an, dessen Augen leuchten, dann fügt er hinzu:„Komm morgen in meine Schmiede, dann kannst du dir ansehen, was ich dort mache." Er sieht den Jungen nachdenklich an. „Du hast doch sicher noch keine Unterkunft, oder?"

Der Junge schüttelt den Kopf. „Nein, ich habe hier zwar ein Bett bei der netten Frau Barrymore, ich kann hier wohl nicht für länger bleiben."

Peter O'Connell überlegt. „Bis wir etwas Besseres haben, kannst du bei mir im Schuppen übernachten. Dort ist ein Geräteraum, ich werde ein Bett hineinstellen. Bis auf weiteres kannst du dann bei mir wohnen."

Er gibt dem Jungen die Hand und geht zu seiner Arbeit zurück. Tom sieht ihm mit leuchtenden Augen nach. Er kann noch gar nicht fassen, dass sich die Dinge so gut entwickelt haben - vor ein paar Tagen noch allein und dem Hungertod preisgegeben - und nun sind sie bei Menschen, denen sie offenbar am Herzen liegen. Er muss an seine Eltern denken, sie wären sicher froh, wenn sie wüssten, wie gut sie es hier getroffen haben.

Drei Reiter sind unterwegs. Sie reiten jetzt über die neue Brücke über dem Brazos River. Stacy Goddard sieht sich die Brücke mit dem Dach darüber an und pfeift durch die Zähne. „Pinky, ich glaube, du hast Recht. Die haben hier Geld in Hülle und Fülle."

„Ja, sag ich doch. Du musst erst die Ranch sehen, das ist ein Riesenbetrieb."

Johnny sagt nichts, er versucht während des Reitens eine Zigarette zu drehen. Immer wieder fällt ihm der Tabak von dem Papier. Schließlich schimpft er: „Verdammt! Könnt ihr nicht mal warten, bis ich mit meiner Zigarette fertig bin?"

Hinter der Brücke reiten sie zu dem Anwesen des toten Ranchers. Einhundert Yards entfernt davon bleiben sie stehen und sehen hinüber. Stacy hat ein Fernglas dabei, mit dem er zu den Gebäuden hinübersieht. „Du hast Recht, das sieht wirklich nach viel Geld aus." Er beobachtet die Ranch noch eine Weile. „Da scheint mir allerdings viel Betrieb zu sein, dauernd laufen Leute umher."

Pinky beeilt sich, das zu erklären. „Da wohnen noch einige Cowboys, die aus der alten Mannschaft des Ranchers stammen. Sie arbeiten entweder auf der Weide oder sie helfen den beiden Landvermessern, die das Gebiet kartographieren."

„Karto... was?"

„Ich meine damit, dass man alles in eine Landkarte einzeichnet."Er fügt dann hinzu:

„Mein Plan sieht vor, bis zum Sonnabend zu warten. Dann sind die meisten in der Stadt und vertreiben sich die Zeit im Saloon."

Johnny sagt nichts. Er hat jetzt endlich seine Zigarette fertig gedreht und raucht sie entspannt. Pinky sieht zu ihm hin und sagt: „Vielleicht solltest du das Drehen einer Zigarette während des Reitens üben. Ich kann das noch, wenn das Pferd fast im Galopp läuft."

Johnny sieht ihn an und zieht seine Augenbrauen zusammen. Er antwortet mit unbewegter Miene: „Das ist gut zu wissen, in Zukunft wirst du mir die Zigaretten drehen, wenn wir reiten."

„Okay, okay. Ich mache ja nur Spaß."

Johnny brummt wieder und schimpft: „Such dir für deine Späße jemand anderen!"

Stacy steckt sein Fernglas ein und wendet sich an Pinky: „So, das wäre erledigt. Wenn die meisten Leute verschwunden sind, ist das machbar. Lass uns nun die Sache mit den Geiseln untersuchen."

Die drei reiten dann die Straße am Brazos River entlang in Richtung Sägewerk. In der Ferne sehen sie das Haus von Matthew und Joan. Pinky zeigt dorthin und erklärt: „Dort wohnt diese Joan Carter und ihr Freund. Die meiste Zeit ist sie alleine, weil ihr Freund in der Stadt arbeitet." Sie reiten etwas näher heran, dann fährt Pinky fort: „Ich schlage auch vor, wir schnappen die Carter. Mit ihr sind wir schnell in der Nähe der Ranch. Die Frau von dem Geldsack Callaghan lebt auf der Ranch ihres Vaters. Dort laufen wir Gefahr, ihrem Mann oder einen von den Cowboys über den Weg zu laufen."

Stacy ist zufrieden. „Ja, so könnte das klappen. Die Frage ist: Wer von denen kann den Safe öffnen? Diese Person müssen wir, so schnell es geht, von der Geiselnahme informieren."

Pinky überlegt eine Weile, dann blickt er Stacy an. „Wir sollten es folgendermaßen durchführen: Ich und unser Sonnenschein hier", er zeigt auf seinen wortkargen Genossen, „werden am kommenden Sonnabendvormittag Joan Carter aufsuchen, sie entführen und uns in der Nähe der Ranch verstecken. Du" - er zeigt auf Stacy - „du wirst am Sonnabendmorgen ausfindig machen, wo sich dieser Callaghan aufhält. Du erzählst ihm, dass wir Joan in unserer

Gewalt haben. Dann kommt er mit, ohne Scherereien zu machen."

Stacy knurrt. „Warum soll ich denn das machen?"

„Weil mich der Marshall erkennt. Der hat mich letztes Jahr aus der Stadt gejagt."

Johnny mischt sich in das Gespräch ein: „Was ist, wenn die Alte nicht alleine ist?"

Pinky sieht ihn an. „Na, du stellst Fragen. Erschieß ihn, wer immer es ist."

Johnny nickt, das ist also klar.

Tom Pearce verlässt das Haus der Witwe und geht das kleine Stück bis zur Schmiede. Laut hallen von dort Hammerschläge über die Straße, Peter O'Connell repariert wieder einen Pflug. Die Siedler haben den Sommer durchgearbeitet, dabei ist viel entzwei gegangen. Er schwingt den Hammer mit großer Kraft auf das glühende Metall, bei jedem Schlag sprühen Funken durch die Schmiede. Das Eisen wird wieder kalt, er steckt es in die Esse und facht das Feuer mit dem Blasebalg an. Jetzt glüht es wieder rot, fast weiß und wird dann wieder vom Schmied mit dem Hammer bearbeitet. Er steht er im Licht des Feuers, das aus dem Ofen strahlt und schlägt auf das Eisen ein. Seine massige Gestalt wird zu einem großen schwarzen Schatten an der Rückwand der Schmiede. Er dreht den Pflug und sieht ihn sich an. Doch, jetzt sieht es gut aus. Die abgebrochene Öse für das Zugseil ist wieder zu gebrauchen.

Der Junge sieht zu dem großen Mann auf und bewundert seine kräftigen Bewegungen. Ja, das möchte er auch einmal können!

Peter O'Connell legt den Pflug in eine Ecke der Schmiede, dann sieht er den Jungen. „Hallo, Tom! Das ist schön, dich zu sehen. Wie geht es deinen Schwestern?"

„Die laufen schon wieder herum. In zwei Tagen werden sie von Mister Richmond abgeholt."

„Na, das ist doch wunderbar, ich freue mich wirklich für euch drei."

Er zeigt dem interessierten Jungen seine Schmiede, er weist auf die schon reparierten Teile und auf die, die er noch bearbeiten muss. „Du siehst also, es ist mehr, als nur Pferde zu beschlagen."

Tom staunt. Ja, das gefällt ihm gut. Er sieht sich schon selbst mit dem schweren Schmiedehammer das glühende Eisen bearbeiten. „Ja, das möchte ich auch können. Ich will mal ein so guter Schmied werden wie Sie."

Peter O'Connell schmunzelt. „Dann sei willkommen in meiner Schmiede. Du musst immer schön aufpassen, dann kannst du das eines Tages auch. So, und jetzt lass uns mal sehen, wo du schlafen kannst."

Am nächsten Tag regnet es und es weht ein kühler Wind. Die Tür des Boarding Houses wird geöffnet und drei Männer kommen heraus. Zwei davon haben sich eine gewachste Jacke angezogen und verlassen auf ihren Pferden Gillette. Der dritte steht vor dem Boarding House und sieht ihnen hinterher. Heute soll das Ding steigen, er stellt sich unter den schützenden Vorsprung und dreht sich eine Zigarette. Gemächlich schlendert er langsam im Schutze des Daches über dem Boardwalk zum Saloon.

Seine zwei Kollegen sind mit ihren Pferden auf dem Weg zum Haus von Matthew und Joan. Der Regen hat jetzt aufgehört, sie ziehen ihre Regenjacken aus und binden sie am Sattel fest. Über der Brücke überqueren sie den Fluss und wenden sich dann nach Süden, in Richtung Sägewerk. Der größere der beiden sieht mürrisch vor sich auf den Weg, der andere sieht sich vorsichtig um. Er denkt an ihren Plan und bemerkt kaum die Felder der Siedler, an denen sie vorüberreiten. Es ist Juli und das Korn ist bald reif zur Ernte. Viele von ihnen haben Mais angebaut, manche Gerste, andere Weizen. Nach dem kalten Winter haben sie mit diesem Sommer viel Glück gehabt, das Wetter hat es gut mit ihnen gemeint.

Die Reiter nähern sich dem Haus von Matthew und Joan Carter, sie bleiben in etwa 100 Yards Entfernung stehen und beobachten die Umgebung. Vor dem Haus steht kein Pferd, es ist anzunehmen, dass kein störender Besuch im Haus ist. Joan Carter kommt aus dem Haus. Sie trägt ein graues Kleid mit einer Schürze, die Haare sind zu einem Zopf geflochten. Sie geht um das Haus herum zum Hühnerauslauf. Ihr voraus läuft ein weißer Hund mit schwarzen Ohren und einer schwarzen Schwanzspitze.

Die beiden Männer warten noch eine Weile – nein, es bleibt alles ruhig, die Frau ist alleine. Johnny zieht einen Revolver heraus und hält ihn hoch, nicht weil er eine Gefahr befürchtet, sondern um die Frau von Anfang an einzuschüchtern.

Sie reiten bis zum Haus und steigen ab. Joan Carter kommt nach vorne, weil sie annimmt, dass sie Besuch bekommt. Snow White läuft auf die Männer zu und bellt. Sie knurrt und bellt, sie spürt eine Gefahr.

Es ist Besuch, jedoch nicht der, den sie erhofft oder erwartet hatte. Sie blickt in den Revolverlauf von Johnny. Noch ehe sie sich umdrehen und fortlaufen kann, erhebt der Anführer seine Stimme: „Weglaufen ist zwecklos! Du kommst jetzt mit uns mit!"

„Was willst du von mir, Pinky?"

„Keine Sorge, wenn du parierst, geschieht dir nichts." Er springt er vom Pferd und packt ihren Arm. Sie schreit laut, sie hat furchtbare Angst. Sie hat in ihrem Leben bereits manchen Verbrecher kennengelernt, und Pinky ist einer von ihnen. Der große Blonde macht ihr am meisten Angst. Sein Gesicht ist ohne Regung, kalt mustern sie seine schwarzen Augen.

„Halt die Klappe, blöde Kuh! Hier hört dich doch sowieso niemand!" Joan Carter verstummt, sie sollte die Verbrecher besser nicht reizen. Snow White läuft um die Pferde herum und bellt unentwegt.

Johnny richtet seinen Revolver auf den Hund und zischt: „Bringen Sie den Hund zur Ruhe, Ma'am, oder ich erledige das für Sie!"

Joan Carter bleibt fast das Herz stehen vor Angst. „Nicht meinen Hund, der tut doch nichts!"

„Wir haben keine Angst vor ihm. Es könnte jedoch sein, dass er durch das Gebell jemanden alarmiert."

Joan sorgt sich um ihren Hund. Sie versucht ihn zur Ruhe zu bringen. „Aus, Snow White!", ruft sie, „aus und bleib!" Langsam, etwas widerwillig, legt sich der Hund nieder und beobachtet die Männer.

Pinky Davis hebt Joan Carter auf sein Pferd und steigt hinter ihr auf. Sie wenden ihre Pferde und reiten in die Richtung der Breckinridge Ranch.

„Was wollt ihr von mir?"

„Von dir wollen wir nichts, du sollst uns nur helfen." Pinky ist der einzige von den beiden, der redet.

„Wobei denn?"

„Das wirst du schon noch früh genug merken, meine Liebe", antwortet Pinky und lacht.

Langsam kommen sie vorwärts. Die Verbrecher halten sich immer wieder im Schutz der Bäume auf und beobachten den Weg vor ihnen, damit nicht unnötigerweise andere Leute auf sie aufmerksam werden. Der Weg ist leer wie fast immer und sie erreichen die Nähe der Breckinridge Ranch ohne Störungen. Sie verbergen sich in einem kleinen Hain in der Nähe der Ranch. Johnny fesselt Joan Carter die Hände und schlingt die Leine um einen kleinen Baum. Dann legt er sich ins Gras und blickt entspannt in den Himmel. Pinky sitzt am Rand des Wäldchens im Gebüsch. Er hat das Fernglas von Stacy dabei und beobachtet das Treiben auf der Ranch. Jetzt haben sie Zeit, bis ir-

157

gendwann am späten Nachmittag Stacy mit dem Callaghan eintreffen wird.

Stacy Goddard hat sich gerade noch ein Glas Whisky genehmigt, er bezahlt den Barkeeper und geht auf die Straße. Er muss jetzt herausfinden, wo sich Mickey Callaghan aufhält. Der Weg führt ihn zum nahegelegenen Büro der Gillette Land Society. Er betritt das Büro und sieht sich um. Matthew sieht von seinem Schreibtisch auf. „Guten Tag, was kann ich für Sie tun?"
„Sind Sie Mister Callaghan?"
„Nein, ich bin Matthew Richmond, der Leiter dieses Büros. Was möchten Sie von Mickey Callaghan?"
„Ich benötige Holz. Man hat mir gesagt, dass er mit Holz handelt."
„Wenn Sie einen Wunsch haben, dann kann ich Ihnen auch helfen. Ich bin auch mit seinem Holzhandel vertraut."
„Nein, es muss schon Mister Callaghan persönlich sein. Wo kann ich ihn finden?"
Matthew überlegt und sieht den Mann an, er ist ihm unsympathisch. „Mickey Callaghan ist tagsüber im Sägewerk. Wenn Sie ihn unbedingt heute noch erreichen wollen, dann müssen Sie zügig reiten."
„Vielen Dank, das werde ich machen", sagt der unfreundliche Kerl und verlässt rasch das Büro.

Matthew sitzt da und denkt über seinen merkwürdigen Kunden nach. Da war doch irgendetwas? Ein Gedanke geht ihm durch den Kopf und wird schließlich klar. Richtig, es war der Revolver des Mannes. Er konnte unter der Jacke kurz Perlmuttgriffe erkennen, solche Griffe sind selten, weil es teure Einzelanfertigung erfordert. Dunkel bringt er irgendetwas mit Perlmuttgriffen in Verbindung. Nein, von alleine kommt er nicht darauf. Matthew steht auf und geht nach draußen. Sein Weg führt ihn zum Marshall. Richard Taylor ist draußen vor seinem Büro und heftet einen neuen Aushang an die Tafel.

„Hallo, Richie! Eben war ein Kerl bei mir, der hatte einen Revolver mit Perlmuttgriffen. Du hast doch mal so einen Mann erwähnt, nicht wahr?"

„Ja, das stimmt." Der Marshall geht in sein Büro. „Komm mal mit, ich habe hier einen Steckbrief."

Matthew geht hinter Richard Taylor hinterher. Der öffnet seinen Schreibtisch und sucht ihm aus dem kleinen Haufen Papier einen Steckbrief heraus und hält ihn Matthew hin.

„War es vielleicht dieser Mann?"

Matthew sieht auf das Blatt und liest sich die Beschreibung durch. „Ja, das könnte passen.", er sieht den Marshall an. „Was schlägst du jetzt vor?"

Richard Taylor überlegt eine Weile. „Die Frage ist, was er von Mickey will. Interessiert er sich für Holz, wie er vorgibt? Das fällt mir schwer zu glauben." Er springt auf, „nein, da stimmt etwas nicht. Wir sollten hinter dem Mann hinterher!" Er zieht seinen Revolver heraus und prüft, ob die Kammern der Trommel alle mit vollen Patronen gefüllt sind. „Hol' du dein Pferd und deinen Revolver- oder besser noch - dein Gewehr. Wir treffen uns in ein paar Minuten hier bei mir."

Matthew läuft zu seinem Büro. Er reißt die Winchester aus dem Schrank und nimmt sich eine Schachtel Munition dazu. Dann eilt er auf den Hof, zu seinem Pferd. Die Winchester kommt in den Halter, die Munition in die Satteltasche, dann sitzt er auf und reitet zu dem Büro des Marshalls.

Richie kommt aus seinem Büro, er hat sich auch noch ein Gewehr geholt. „Mein Pferd steht im Livery Stable!", ruft er und schon ist er auf dem Weg. So schnell es die Tiere ermöglichen, reiten sie in Richtung Sägewerk.

159

Stacy Goddard reitet schnell. Wenn er Mickey Callaghan im Sägewerk erwischt, ist es am besten. Sonst muss er noch den Weg zur Double-M Ranch reiten. Wer weiß, was ihm dort noch dazwischen kommen könnte. Deshalb lässt er sein Pferd jetzt einen schnellen Galopp laufen.

Mickey sitzt an seinem Schreibtisch im Sägewerk. Seine Arbeiter haben die Säge abgestellt und gerade die Bretter für die nächste Lieferung aufgeladen. Nun ist er alleine. Er sieht in seine Bücher und ergänzt einige Eintragungen. Sein Holzgeschäft läuft gut. Fast die Hälfte der Siedler hat inzwischen Holz von ihm für ein Haus erhalten. Auch das Holz für die Brücke hat er geliefert, und am Montag geht wieder eine ganze Fuhre nach Gillette. Dort sind schon einige Häuser neu gebaut worden und weitere sind in Planung. Er klappt das Buch zu, steht auf und streckt sich.
Sein Blick fällt aus dem Fenster, er sieht einen Reiter, der zum Sägewerk kommt. Wer mag das sein? Um diese Zeit, und die merkwürdige Eile, da stimmt etwas nicht. Er steckt einen seiner Revolver ein, die er wegen der Arbeit am Schreibtisch abgenommen hatte und sieht wieder zum Fenster hinaus. Der Reiter springt vom Pferd und kommt auf das Büro zu. Mickey setzt sich an den Schreibtisch, er nimmt einen Revolver in die Hand und hält ihn versteckt unter dem Tisch. Die Tür wird geöffnet.
„Sind Sie Mister Callaghan?"
„Ja, was möchten Sie?"
Bei dem Wort „Ja..." greift der Mann nach seinem Revolver. Mickey ist schneller, er holt nur seine Hand unter dem Schreibtisch hervor und richtet den Revolver mit gespanntem Hahn auf den Mann und ruft: „Stopp! Lass die Waffe stecken!"
Stacy Goddard erstarrt, er hat seine Waffe erst halb gezogen.

„Sir!" Er muss seine Botschaft loswerden, sonst ist ihr ganzer schöner Plan zum Teufel.

„Was gibt es?", herrscht Mickey ihn an.

„Wir haben eine Geisel, Joan Carter."

Mickey zuckt kurz, das ist also der Grund für den ungebetenen Besuch. „Was wollt ihr von ihr?"

„Sie sollen den Safe in der großen Ranch öffnen. Wenn nicht, werden wir sie erschießen."

Mickey schluckt. Nun ist eingetroffen, was er immer befürchtet hatte, es gibt aber immer eine Lösung. „Schön, ich weiß jetzt Bescheid. Jetzt zu dir, damit du mir keine Schwierigkeiten machst, werde ich dich einsperren!"

Stacy Goddard wollte nur eine Nachricht überbringen, jetzt sieht er seinen Anteil an dem Plan sich in Luft auflösen, Wut steigt in ihm hoch. „Gut! Dann werden wir den Safe eben mit Gewalt öffnen!" Er hebt seinen Revolver und springt zur Seite, doch sein Gegner ist schneller. Mickey schießt und verfehlt ihn nur knapp.

Der Sägewerkbesitzer springt vom Stuhl auf und macht einen Satz zur Tür, er sieht wie der Mann um die Ecke des Gebäudes läuft. Mickey hat hier ganz klar den Vorteil der Ortskenntnis. Der Unbekannte ist in eine Sackgasse gelaufen, dort kommt er nicht heraus. Das Gelände dort wird von dem Gebäude des Sägewerkes und dem Fluss begrenzt. Auf dem Platz liegen nur Bäume, die am Montag zur Säge gebracht werden. Nur hinter diesem Stapel Stämmen kann er Deckung finden. Mickey bleibt im Gebäude, er geht jetzt von Fenster zu Fenster. Und richtig! Seine Vermutung stimmt, der Mann hat sich hinter den Baumstämmen versteckt. Leise öffnet er das Fenster, doch Stacy Goddard bemerkt es und gibt einen Schuss auf das Fenster ab. Zu spät, Mickey ist bereits heraus gesprungen, liegt jetzt flach auf dem Boden und kriecht auf allen Vieren vorwärts. Er schleicht auf das Ende des Stapels zu, gleich kann er darum herum sehen. Der Verbrecher kann dann nur noch über die Stämme klettern und wäre dann völlig ohne Deckung. Mickey sieht um den Holzstapel, Stacy Goddard erkennt ihn und schießt. Er hat nichts zu verlieren und schießt auf jedes noch so ungünstige Ziel.

Der Schuss geht daneben, Mickey ruft: „Hände hoch, Waffe fallen lassen!" Der Mann erhebt sich und hebt die Arme, den Revolver hält er hoch. „Die Waffe fallen lassen, habe ich gesagt!"

Der Mann reißt plötzlich die Waffe herunter, zielt auf Mickey und....- zu spät, Mickey hat den Plan des Verbrechers längst erkannt und schießt. Er schießt und trifft tödlich, Stacy Goddard bricht zusammen und liegt im Staub des Lagerplatzes.

Mickey überzeugt sich durch einen raschen Blick, dass der Verbrecher wirklich tot ist. Er hat wieder in die linke Seite der Brust getroffen. Mickey überprüft seinen Revolver und tauscht die verschossenen Patronen aus, läuft zur Straße hinaus und holt sich sein Pferd. In seinem Kopf wirbeln die Gedanken. Wie hilft er jetzt am besten? Auf jeden Fall muss er so schnell wie möglich zu der Strich-B Ranch, dort steht der Safe. Woher wusste der Verbrecher von dem Safe?

Er springt auf seinen Brighty und reitet die neue Straße am Brazos River entlang zur Breckinridge-Ranch. Dort müssen sich die Verbrecher jetzt aufhalten.

Matthew und Marshall Taylor reiten die Straße in Richtung des Sägewerkes. Bald haben sie Matthews Heim erreicht. Snow White kommt ihnen entgegen, sie bellt und springt aufgeregt umher. Matthew ahnt das Schlimmste. „Richie, lass mich zuerst nach Joan sehen. Ich glaube, da stimmt etwas nicht." Er reitet zu ihrem kleinen Heim. Der Wagen steht im Schuppen und das Pferd ist hinter dem Haus im Gatter. Matthew läuft ins Haus. „Joan! Joan, wo bist du?", ruft er, doch das Haus ist leer. Und immer läuft Snow

White hinter ihm her. Matthew sieht zu dem Hund hinunter. „Was ist los, Snow White?"

Snow White läuft nach draußen. Sie dreht sich immer wieder um, um zu sehen, ob Matthew ihr folgt. Er läuft seinem Hund hinterher, draußen steigt er auf sein Pferd und sagt zu dem Marshall: „Joan ist fort, obwohl der Wagen und das Pferd noch hier sind. Unser Hund scheint mir den Weg zeigen zu wollen. Ich schlage vor, dass ich Snow White folge und du reitest weiter zum Sägewerk. Ist das in Ordnung?"

Richie Taylor zögert keinen Moment. „Das ist ein guter Kompromiss. So machen wir das!" Er gibt er seinem Pferd die Sporen und galoppiert zum Sägewerk davon.

Matthew folgt seinem Hund. Der hat die Nase am Boden und läuft schnell in Richtung der Breckinridge Ranch. Snow White sieht sich immer wieder um, ob Matthew ihr noch folgt und setzt ihren Weg fort. Von Zeit zu Zeit schnuppert sie am Rande des Weges und verschwindet auch mal im Gebüsch, sie kommt immer hervor und folgt weiter einer Spur, die nur sie erkennt. Matthew kann schon in der Ferne die Gebäude der Breckinridge Ranch sehen. Jetzt bleibt seine Hündin stehen. Ihre Nase zeigt in die Richtung eines kleinen Wäldchens.

„Geht es da lang?", fragt Matthew den Hund. Er überlegt, ob er der Spur zu dem Wäldchen folgen sollte. Nein, er entscheidet sich, zu der nahe gelegenen Ranch zu reiten und dort Verstärkung zu holen. Auf der Ranch ist wenig Betrieb. Über die Hälfte der Reiter haben sie in Richtung Gillette verlassen, um dort ihren Wochenlohn auf den Kopf zu hauen.

Es ist jede Woche das gleiche. Am Wochenende geben viele der Cowboys ihr Geld im Spiel, für Whisky und für Mädchen aus. Am Sonntagabend sind sie entweder pleite oder sogar verschuldet und müssen wieder eine Woche lang arbeiten.

Matthew findet Clint Wagner auf der Ranch. Er ist im Stall und sattelt sein Pferd. Er will gleich nach Gillette reiten, wie die meisten anderen auch. „Clint, hast du Joan gesehen?"

„Nein, warum fragst du?"

„Es ist irgendetwas mit ihr geschehen. Ich hatte vermutet, dass sie vielleicht hier ist."

„Nein, hier ist sie nicht, ist etwas passiert?"

„Wenn ich das wüsste. Sie ist verschwunden. Unser Hund hat mich hierher geführt, ich vermute, dass sie sich draußen vor der Ranch befindet."

„Und was soll das alles?"

„Wenn ich das wüsste? Ich habe keine Idee."

Pinky Davis liegt im Gebüsch, das Fernglas in der Hand. Er sieht den Hund kommen, gefolgt von Matthew auf seinem Pferd. Er sieht wie Matthew stehen bleibt und zu dem Wäldchen blickt, in dem sie sich verbergen. Johnny hält Joan Carter mit einer Hand den Mund zu, seine andere Hand hält den Revolver, er drückt ihn gegen ihre Schläfe. „Einen Ton, und es wird dein letzter sein."

Pinky greift mit einer Hand zu seinem Revolver, dann reitet Matthew langsam weiter. Der Verbrecher sieht dem Hund und dem Mann hinterher. Er nickt, so ist es gut, auf der Ranch sind nur noch wenige Reiter, die können sie mit Hilfe ihrer Geisel in Schach halten.

Mickey reitet schnell, bald wird er das Haus von Matthew und Joan erreichen, da kommt ihm der Marshall entgegen. „Richie, wo ist Joan Carter?"

„Joan Carter ist verschwunden, Matthew folgt seinem Hund zur Breckinridge Ranch."

Der Marshall wendet sein Pferd, dann reiten sie beide zur Ranch. Mickey erzählt dem Marshall von dem Schusswechsel am Sägewerk. „Ich sollte mitkommen, um den Safe in der Ranch des Großranchers zu öffnen, Joan wird von den Verbrechern als Geisel benutzt."

Der Marshall nickt. „So passt alles zusammen. Der Mann, den du erschossen hast, war Stacy Goddard, ein steckbrieflich gesuchter Verbrecher. Er kann nicht allein gewesen sein, seine Komplizen werden wir an der Breckinridge Ranch treffen."

Jetzt haben sie das kleine Wäldchen erreicht, in dem sich die beiden Verbrecher mit Joan Carter verbergen. Pinky sieht den Marshall und Mickey Callaghan sich nähern.

Verdammt, denkt er, der Marshall hat ihm noch gefehlt. Jetzt hat er schon zwei gegen sich. Was ist mit Stacy? Der sollte doch mit dem Callaghan zusammen kommen. Egal, einer weniger zum Teilen. Sie haben die Geisel, das muss jetzt klappen. Er hebt seine Waffe und schießt in die Luft, um die beiden Reiter auf sich aufmerksam zu machen.

Mickey und der Marshall stoppen ihre Pferde, Mickey hat einen Revolver in der Hand und sucht mit den Augen das Wäldchen ab. In dem Moment tritt Pinky Davis aus dem Gebüsch heraus. „Stecken Sie Ihre Waffe weg, Callaghan, wir haben hier Joan Carter als Geisel!" Er dreht sich nach hinten und ruft Johnny. „Los, Johnny, setz dich in Bewegung und zeige unser Täubchen!"

Mickey hat seinen Revolver immer noch auf Pinky gerichtet. Das Gebüsch teilt sich und Joan Carter wird von Johnny herausgeführt. Einen seiner Revolver hat er auf ihren Kopf gerichtet.

„Siehst du!", ruft Pinky, „wir haben jetzt das Sagen. Steck deinen Revolver ein. Sobald ihr beide eine falsche Bewegung macht, ist das Mädchen tot."

Mickey und der Marshall stecken ihre Revolver in die Holster. Pinky holt ihre Pferde aus dem Gebüsch und sie steigen auf, wobei Joan jetzt vor Johnny auf dessen Pferd sitzt, ständig von seiner Waffe bedroht.

„Ihr reitet voraus, damit ihr keine Dummheiten macht", ruft Pinky und reitet mit Johnny hinter Mickey und dem Marshall hinterher. „Reitet zum Haupthaus der Ranch"!

Langsam bewegt sich die seltsame Kolonne auf die Ranch zu. Es kommen zwei Cowboys aus dem Schlafhaus gelaufen, ein anderer sattelt gerade sein Pferd auf dem Hof. Mickey ruft den Männern zu: „Hinter uns sind zwei Verbrecher, die haben Joan Carter als Geisel, macht jetzt bitte keinen Unsinn und lasst eure Revolver stecken!"

„So ist das gut, Callaghan. Je glatter es jetzt läuft, desto weniger wird euch passieren!", ertönt Pinkys Stimme von hinten.

Matthew hat sein Pferd fertig gesattelt. „Wir sollten beide nach Joan suchen, das geht schneller!"

Sie hören beide das Stimmengewirr vom Hof und die laute Stimme von Mickey, der die Männer von der Ranch bittet, sich ruhig zu verhalten.

Matthew läuft zur Stalltür und sieht hinaus. Was er sieht, lässt ihm beinahe das Herz still stehen. Seine Joan wird mit der Waffe bedroht. Sofort greift er nach seinem Revolver, da hört er Clint von hinten: „Mach jetzt nichts falsch, Matthew. Wir müssen uns gut überlegen, wie wir vorgehen." Er sieht sich die Vorgänge auf dem Hof einen Moment an. „Wir müssen unbedingt mit Mickey Kontakt aufnehmen. Vielleicht können wir ihm Zeichen geben."

Ein Plan nimmt in Clints Kopf Gestalt an. „Ich laufe außen um die Ranch herum und komme hinten an der Küche wieder rein. Neben der Küche ist mein Schlafraum, dort sind auch meine Revolver. Und du" - er zeigt auf Matthew - „du bleibst immer schön in Deckung und achtest nur auf deine Freundin. Ich mach das schon mit Mickey."

Er eilt aus dem Stall. Er ist jetzt fast ein Jahr auf der Ranch und kennt jeden Winkel. Schnell läuft er außen um den Stall, die Scheune und das Schlafhaus der Cowboys herum. Er öffnet die Tür zur Küche und ist jetzt im Haupthaus. Er hört Stimmen von der Tür kommen, dort stehen jetzt die Verbrecher mit Mickey. Alle anderen, der Marshall und die verbliebenen Reiter der Ranch, warten auf dem Hof. Er öffnet die Tür zu seinem Zimmer, geht an den Schrank und holt seine beiden langläufigen Revolver heraus. Er prüft, ob die Trommeln gefüllt sind - das ist der Fall, dann steckt er einen in den Holster, den anderen behält er in der Hand und spannt den Hahn.

Die beiden Verbrecher mit Joan als Geisel stehen mit Mickey vorm Haus. Pinky geht vor, er weiß, wo sich der Safe befindet. Johnny folgt mit der Waffe an Joans Schläfe, Mickey ist der Letzte. Pinky geht schnurstracks in das Büro, das direkt neben dem Schlafraum von Clint Wagner liegt. Mickey steht noch auf dem Flur, die beiden Verbrecher nähern sich dem Safe, der neben dem Fenster, gegenüber der Tür, steht. Mickey sieht sich um, Clint sollte hier irgendwo sein, er ist sich ganz sicher. Da steckt Clint den Kopf aus seinem Zimmer, er hält den Finger vor den Mund. Mickey nähert sich ihm und flüstert ihm ins Ohr:
„Die beiden werden sich wundern, wenn sie in den Safe sehen. Genau dann erschießt du vom Flur aus den Blonden und ich kümmere mich um den anderen."
Clint nickt. Aus fünf Meter Entfernung ist das für ihn eine leichte Übung. Mickey folgt schnell den zwei Gaunern in das Büro, noch haben sie nichts bemerkt.
„Da ist also der Safe mit seinem sagenumwobenen Inhalt", sagt Pinky. „Öffne ihn!", herrscht er Mickey an. Er tritt beiseite, um Mickey vorzulassen. Der dreht langsam an dem Kombinationsrad. Viermal nach links, dreimal nach rechts und zweimal wieder nach links. Pinky kommt immer

näher. Mickey zieht die Stahltür auf und tritt beiseite. Clint hat sich hinter dem Türrahmen postiert und zielt in Richtung Safe. Die beiden Verbrecher sind jetzt so auf den Inhalt des Safes versessen, dass sie Clint in dem Dämmerlicht des Flures nicht bemerken.

Pinky und Johnny sehen in den Safe. Pinky macht einen Schritt nach vorne und fasst hinein.

„Was ist das denn?", stößt er hervor und hebt ein paar Papiere hoch.

Ein Schuss aus Clints Revolver kracht. Die Kugel trifft Johnny Death genau in den Kopf. Das Blut spritzt an die Wand, der wortkarge Verbrecher sagt jetzt gar nichts mehr. Als der Schuss kracht, zieht Mickey von hinten Pinkys Revolver aus dessen Holster. „Hände hoch, sofort!", herrscht er den Verbrecher an. Pinky ist totenbleich geworden und hebt widerstandslos die Arme. Matthew kommt durch die Tür gesprungen und nimmt seinen Schatz in die Arme. „Joan, meine Liebe! Ich bin so froh, dass dir nichts passiert ist!"

Clint Wagner kommt auch in das Büro, den Revolver steckt er ein, seine Aufgabe ist erledigt. Mickey dirigiert den wehrlosen Pinky Davis hinaus.

„Richie! Wo steckst du?" Der Marshall steht schon im Flur, er hat seinen Revolver noch erhoben, er steckt ihn ein, als er die erhobenen Hände des Verbrechers sieht. Er wirft einen Blick in das Büro und sieht auf den toten Verbrecher. Der Schuss ist genau in der rechten Schläfe eingedrungen, Jonny Death hatte nicht die Spur einer Chance gehabt.

Dann wendet er sich zu Pinky Davis. „So, mein Freundchen, jetzt gehörst du mir."

Er löst von seinem Gürtel ein Paar Handschellen und legt sie dem Verbrecher an. Er führt ihn zu seinem Pferd, lässt ihn aufsitzen und fesselt ihn noch an den Sattel.

Mickey trägt mit einem der Reiter von der Ranch den toten Johnny hinaus auf den Hof, er soll später soll hinter der Ranch begraben werden.

Matthew kommt nach draußen mit Joan an der Hand. Sie wischt sich Tränen aus dem Gesicht und lächelt endlich wieder. Matthew bedankt sich bei seinen Freunden. „Ich bin außerordentlich froh, so viele gute Freunde zu haben. Morgen möchte ich alle Anwesenden am Nachmittag auf meine Kosten in den Cattlemens Palace einladen!"

Alle Umstehenden klatschen und jubeln befreit. Die Anspannung der letzten halben Stunde ist von ihnen abgefallen.

Clint wendet sich an Mickey. „Wieso war der Safe denn leer?"

Mickey grinst. „Es sind nur ein paar Papiere darin, für die Verbrecher sind die ohne Bedeutung. Das Geld habe ich schon vor Monaten herausgenommen und an einem anderen Ort sicher verwahrt. Es ist auch nicht mehr so viel wie vor einem Jahr. Vergiss nicht, dass ich in den letzten Monaten viel ausgegeben habe. So fließt das Geld von dem toten Rinderbaron dorthin zurück, wo es einmal hergekommen ist."

Am nächsten Nachmittag ist der Saloon des »Cattlemens Palace« brechend voll. Inzwischen weiß auch der Letzte, was gestern auf der Breckinridge Ranch passiert ist.

Joan sieht sich um und sagt zu Matthew: „Hier hast Du also ein paar Jahre deines Lebens verbracht, sehr interessant."

Matthew zieht sie an sich. „Ohne eine liebende Frau war das kein Leben, das weiß ich erst jetzt richtig zu schätzen."

Einen Tag später als vorgesehen, fahren Matthew und Joan mit ihrem Wagen vor der Witwe Barrymore vor. Die beiden Mädchen stehen schon vor der Tür und winken. Die Witwe steht hinter ihnen und sieht aufmerksam auf die Straße. „Die beiden Mädchen freuen sich seit gestern darauf, dass sie abgeholt werden", erklärt sie dem jungen Paar.

„Wir wissen gar nicht, wie wir Ihnen für Ihre Fürsorge danken können", Matthew schüttelt der alten Dame die Hand.

Die schüttelt mit dem Kopf. „Keine Ursache, es war mir eine Freude, mich um die Mädchen kümmern zu können."

Matthew hilft ihnen auf die Ladefläche. Dort liegt eine Decke, auf die sie sich setzen können. Snow White ist auch auf dem Wagen und wedelt ununterbrochen. Schließlich legt sie sich zwischen die beiden Mädchen, die sie sofort zu streicheln beginnen.

Matthew schnalzt mit der Zunge und lässt das Pferd anziehen. „Ich möchte noch einmal kurz bei der Schmiede anhalten."

Joan nickt und sieht glücklich zu den beiden Mädchen hinter sich. Peter O'Connell ist in seiner Schmiede. Tom steht bei ihm und hilft ihm bei der Reparatur eines Windrades. Der Schmied sieht Matthew kommen, er lässt seine Arbeit kurz los. „Einen kleinen Moment, Tom. Ich komme gleich wieder."

Matthew sieht seinen Freund an. „Das gefällt dir so, mit einem kleinen Gehilfen, was?"

Peter O'Connell dreht sich kurz zu Tom um und lächelt versonnen. „Der Tom ist genau der Richtige. Mir kommt es vor, als hätte ich einen Sohn bekommen."

„Häng dich nicht zu sehr an ihn, vielleicht hast du noch Pech mit ihm."

„Vielen Dank für den Rat, ich habe bis jetzt ein sehr gutes Gefühl."

Matthew lächelt und geht zurück zum Wagen. Er stellt sich an die Ladefläche und sieht die beiden Mädchen an. Er greift auf den Sitz des Wagens und nimmt eine Papiertüte herunter. „Seht mal, was ich hier habe!" Es ist eine Tüte mit Bonbons, die er vorhin im neuen Candy Shop gekauft hatte.

„Es sind für jeden zwei, die könnt ihr unterwegs lutschen." Er strahlt über das ganze Gesicht, als die Mädchen die Bonbons in die Hand nehmen und vorsichtig mit der Zunge daran lecken. „Oh, das schmeckt aber gut!"

Die Mädchen verabschieden sich mit ein paar Tränen von ihrem Bruder und sie versprechen sich gegenseitig, sich bei jeder sich bietenden Gelegenheit zu besuchen.

Endlich wendet Matthew den Wagen und fährt zu ihrem Zuhause. Auf der Fahrt sagt er zu Joan: „Ich glaube, es ist jetzt an der Zeit, dass wir heiraten, oder?"

Statt einer Antwort legt Joan einen Arm um ihn und drückt ihn ganz fest an sich.

Nachwort

Ich möchte den geneigten Leser auf weitere Romane mit der Hauptfigur Mickey Callaghan aufmerksam machen:
Dieser Roman ist der dritte Teil einer vierteiligen Reihe.

1. »Vom Herumtreiber zum Gunfighter« ist der erste Teil. Er schließt die erzählerische Lücke vor »Der Reiter aus Laramie«. Er erzählt die Geschichte eines Jungen, der mit 14 Jahren sein Elternhaus verlässt und sich später dem Bürgerkrieg anschließt. Er lernt dort seine Fähigkeiten als Revolverkämpfer bis zur Perfektion zu steigern.

2. Der zweite Teil ist »Der Reiter aus Laramie«. In diesem Buch schließt Mickey Callaghan mit seiner Vergangenheit als Revolverheld ab. Er lernt ein Mädchen kennen, das durch die Machenschaften eines Verbrechers ungewollt zur reichen Frau wird. Diese heiratet er und wendet in diesem Roman, dem »Das Tal der Siedler«, den Reichtum seiner jungen Frau zum Wohle des Tales an.

3. Dieses Buch

4. Der vierte und letzte Teil ist: »Die Minenstadt«, er schließt die Reihe ab.

Alle Romane sind so angelegt, dass sie auch einzeln und ohne Kenntnis der anderen Teile gelesen werden können.

Interessieren Sie sich für die Abenteuer von Mickey Callaghans Enkel? Er ist Privatdetektiv in Manhattan in der Mitte des vorigen Jahrhunderts.

Dann könnten die folgenden drei Bücher für Sie interessant sein:

1. Der Tod im Paradies
2. Schwarze Weihnachten in Manhattan
3. Mit dem Fahrstuhl kam der Tod

Mir gefiel die Idee, einen Enkel von Mickey Callaghan Privatdetektiv werden zu lassen. Und zwar in New York City, genauer: Manhattan.
Seit Ende 2015 gibt es den ersten Detektivroman aus meiner Feder. Er spielt in Manhattan, wenige Jahre nach dem Ende des zweiten Weltkrieges. Mein Held ist Michael Callaghan, der Enkel von Mickey Callaghan.
Die Stadt der Städte, die Stadt mit so lasterhaften Vierteln wie Brooklyn und der Lower East-Side.

Beachten Sie auch bitte meine Internet-Seite:
www.allan-greyfox.de
Dort finden Sie Hintergrund-Informationen zu allen meinen Büchern.

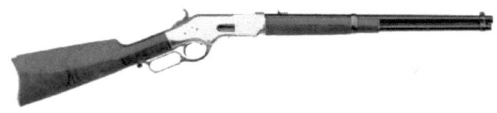